Colibri

Progetto grafico di collana: Clara Battello

Testo: Loredana Frescura, Marco Tomatis
Illustrazioni: Aurora Cacciapuoti
Impaginazione: Clara Battello
Redazione: Veronica Fantini

www.giunti.it

Via Bolognese, 165 - 50139 Firenze - Italia
Piazza Virgilio, 4 - 20123 Milano - Italia
Prima edizione: aprile 2016

FSC
www.fsc.org
MISTO
Carta da fonti gestite in maniera responsabile
FSC® C023213

Stampato presso Nuovo Istituto Italiano d'Arti Grafiche – Bergamo

Loredana Frescura
Marco Tomatis

MASSIMO DA SISTEMARE

Illustrazioni di Aurora Cacciapuoti

GIUNTI Junior

Ai miei "venti" che ho sistemato e che mi hanno sistemato.
A loro grazie con molto affetto: Gianluca, Gabriele,
Marty, Gaia R. e Gaia D.M., Valentina, Sara, Gioia, Giosuè,
Asia, Agnese, Leonardo, Giacomo, Antony, Eleonora,
Nicolò, Lara, Francesco, Gloria, Cristal.
L.F.

Ai miei alunni, per tutto quello che mi hanno insegnato.
M.T.

Se avete come amico un tipo di nove anni o anche dieci che non riesce a stare fermo sulla sedia e muove il banco causando rumori frequenti e molesti, che si tuffa nei fumetti mentre tutti gli altri si lambiccano il cervello per risolvere il problema, che sovrappensiero si mette le dita nel naso e poi sempre sovrappensiero pulisce le dita sulla manica della felpa e a volte fischietta mentre la maestra corregge i compiti, allora ecco state molto attenti perché avete vicino a voi un bambino da "sistemare".

L'ho scoperto oggi, quando la mamma, dopo essere andata nel pomeriggio a scuola a parlare con la maestra, è tornata a casa con quella parola. Non l'ha però detta apertamente a me, no. L'ha detta al papà dopo cena.

«La maestra mi ha detto che Massimo è intelligente, ma un po' da sistemare».

La cosa lì per lì non ha suscitato in me alcuna

reazione. Stavo scartando le buste delle figurine degli animali e speravo di non avere il doppione dell'ornitorinco perché quello non riuscivo a piazzarlo con nessuno: sembrava che tutti avessero l'ornitorinco, compresa Gemma che ne aveva tre.

Io e Gemma siamo da sempre amici amici, e lei fa anche qualche sacrificio per me, tipo regalarmi un pezzo della sua merenda, ma mai avrei preteso che prendesse un altro ornitorinco.

Però adesso ci sto ripensando. Vado in bagno per lavarmi i denti prima di andare a dormire, quando sento mamma dire a gran voce a papà: «Ancora non hai sistemato la persiana? Ma non avevi detto che oggi, cadesse il mondo, l'avresti aggiustata?».

"Cadesse il mondo" è una frase tipica di papà, una di quelle cose che ripete sempre e che mi fanno ridere. Ma in questo momento no perché, cadesse il mondo, secondo le maestre e secondo la mamma, io sono da sistemare. Quindi devo avere qualcosa di rotto da qualche parte, come la persiana.

Lascio perdere spazzolino e dentifricio e vado nella mia camera. Lì il buio non c'è mai, per via di una piccola lampada inserita vicino alla porta. È a forma di mezzaluna e, se mi sveglio di notte, è sempre lì a

ricordarmi che a quattro passi da me ci sono mamma e papà. La mia camera è il posto ideale per avere le idee migliori. Sento che mi vuole bene.

E allora mi metto a pensare. Non ho ossa rotte, quello no. Una volta Michele, durante l'allenamento di calcio, è caduto male e si è rotto un braccio. Urlava così tanto che mi sono spaventato e con me tutti gli altri della squadra. Il mister l'ha portato di corsa al pronto soccorso e il giorno dopo Michele è venuto a scuola con il gesso e una fascia attorno al collo che sorreggeva il braccio. Quindi non ho braccia rotte, né gambe, né testa.

Allora, quel qualcosa da sistemare deve essere dentro di me e non fuori. Questo è davvero preoccupante. Se una cosa sta fuori, la puoi vedere, toccare. Magari puoi verificare ogni momento il suo stato. Per esempio, se ti fai un taglietto alla mano o se ti sbucci un ginocchio, ti fa un male cane e viene la crosticina e, anche se sembra non andare più via, alla fine scompare e tu sei quasi dispiaciuto di non avere più una crosticina da grattare. Ma se qualcosa si rompe dentro di te, come si fa?

Sento rumore e non riesco a dormire, allora vado in soggiorno dove vedo papà armeggiare con chiodi e cacciavite. Sta sistemando la persiana e forse dopo sistemerà anche me! Sicuro! Chiodi e cacciavite per Massimo… bambino da sistemare!

IO
E LA SCUOLA

Comunque adesso sono a scuola e stanotte non è successo niente. Almeno, se anche qualcuno mi ha sistemato, io non me ne sono accorto. Non mi sento diverso. Però qualcosa devo fare, non posso stare ad aspettare.

Certo papà ieri non mi ha rincorso per la casa con martello e sega, ma dopo aver sistemato la persiana mi ha guardato in modo strano.

«Dobbiamo parlare a fondo io e te, giovanotto! Cascasse il mondo!»

Parlare? Forse era un sinonimo di sistemare, che è un sinonimo di aggiustare, che è un sinonimo di... aiuto! Sì, ho bisogno di aiuto, ma chi può aiutarmi? Forse la mamma? Ma no! È stata proprio lei a dare l'idea di "sistemarmi".

Forse si è stancata di me così come sono e vuole farmi diventare qualcun altro?

Le maestre sanno. Certo che sì. Tutto è cominciato dopo i colloqui a scuola.

I colloqui sono cose misteriose. Le mamme e i papà entrano dentro un'aula (che è la tua aula ripulita dalla carta e dai riccioli di matite temperate), si mettono seduti sulle seggiole troppo piccole e davanti a loro ci sono le maestre, e poi cominciano a parlare di te. Una cosa orribile. Parlano e si raccontano di come sei, di cosa fai, di quante volte hai masticato il chewing-gum e, cosa più orribile di tutte, parlano del tuo ciuccio! Ah, sì, l'ho sentito in prima con le mie orecchie, anche se di sfuggita perché da fuori le parole arrivano a tratti, ma la parola "ciuccio" era chiarissima! All'ultimo colloquio del ciuccio non avevano parlato, però avevano affrontato l'argomento di come sistemarmi.

Eppure a me non sembra di aver fatto niente di male alla scuola, anzi sono sicuro che la scuola fa del male a me, certe volte!

Ma sì, mi costringe ad alzarmi presto, per esempio, e ad andare a letto presto. Mi costringe a una vita che non desidero. Anche a fare i compiti, per esempio. Perché dopo cinque ore di scuola si deve ancora fare ciò che si fa a scuola? Papà, quando torna dal lavoro, non continua a lavorare, e neanche mamma.

Va bene, papà aggiusta le cose a volte, ma non si tratta del suo lavoro. Quindi è la scuola che mi fa del male. Però io sono un buono e non porto rancore. Non l'ho mai portato. Così, dato che a scuola ci sono Gemma e Michele e posso giocare in giardino e scambiare le figurine e saltare sull'erba spelacchiata e scavare qualche buca attorno ai formicai, io ci vado anche volentieri. Inoltre, siccome ho imparato a leggere, adesso posso scoprire tutte le caratteristiche del tirannosauro, del mastodonte e del lombrico a due teste.

Insomma, sono convinto che la scuola potrebbe essere un posto meraviglioso per me, se non ci fossero tutte quelle regole che non riesco a mettere in pratica perché me le scordo. Stare seduto, per esempio.

È inutile. Dopo dieci minuti comincio un vero combattimento con la sedia cercando una posizione più comoda con le ginocchia sul sedile o con una gamba sotto il sedere a farmi da cuscino. Ma tutto questo non sembra piacere alla maestra. Quando faccio così, il suo sguardo si fa strano, si toglie gli occhiali e sulla classe cala un silenzio di tomba.

Le prime volte mi fermavo giusto il tempo per controllare che non fosse successo nulla di terribile. Magari

Marco aveva avvitato male la bottiglietta dell'acqua come al solito e aveva fatto il "lago-banco". Meno grave del "lago-bagno", cioè quando si lascia il rubinetto del lavandino aperto, ma comunque piuttosto serio. Adesso mi fermo un attimo, così la maestra si rimette gli occhiali e io ricomincio a cercare la posizione migliore per concentrarmi sul puntino bianco sulla lavagna.

Sì, da non credere. All'angolo destro della lavagna c'è un puntino bianco che non è di gesso, né di alcun materiale cancellabile. Allora io costruisco la scena.

Alcuni anni fa un bambino di quarta o di quinta, che doveva essere molto alto per arrivare all'angolo superiore della lavagna, aveva inventato un modo per passare il tempo tra una lezione di scienze e un esercizio sulle divisioni a due cifre. Così, durante una delle ricreazioni più lunghe, quelle in cui le maestre sono occupate a decidere il giorno per la festa di Natale e gli addobbi alle finestre, aveva graffiato con una puntina o un chiodo la lavagna, fino a portarne via un pezzettino minuscolo. Nessuno se ne era accorto. Era stato bravo.

Su quel puntino ho costruito e continuo a costruire storie con finali diversi, del tipo: un alieno era arrivato sulla Terra e voleva conoscere gli umani; qualcuno gli aveva consigliato di andare nelle scuole per capire meglio. Era capitato nella scuola primaria di Via degli Orti e in una classe aveva trovato molti casi da osservare. Valentina che teneva sotto il banco di tutto: corde, tappi di bottiglia, sassi e pezzi di legno, insieme ai quaderni e ai libri; Francesco che non si soffiava mai il naso e aveva perennemente croste di moccio; Gaia che se ne infischiava della regola che vietava di chiacchierare.

Terribile. Ma farmi passare queste storie nella mente, come se fossero un film, mi ha sempre fatto sentire meglio. Forse non sono il solo da sistemare.

I LOMBRICHI

Una che secondo me non ha proprio nulla da sistemare è Maria Chiara della quinta B. Ha i capelli lunghi né biondi né bruni. È bella. È sempre vestita carina. Mi piace. Tanto. Viene a scuola sulla Mini rossa della mamma, che fa la professoressa alle medie, e ogni tanto anche sulla Bmw del papà che tutti chiamano "ingegnere".

Io invece a scuola ci vado con il pedibus. Che è una maniera strana per dire che devi trascinarti verso scuola e tornare a casa a piedi, zaino in spalla, nemmeno fosse un trekking sull'Everest. Per fortuna non abito lontano e poi l'auto la usa papà per andare al lavoro fuori città. Ma tanto non è né una Mini né una Bmw. Non so di che marca è, ma mamma dice sempre che ha la stessa età di mia sorella. Che fa la terza media.

Domani è il suo compleanno. Di Maria Chiara voglio dire.

Lo so perché ieri ha mandato in giro un cartoncino colorato con l'invito alla festa a casa sua. No, io non l'ho ricevuto. Però il regalo ho deciso di farglielo lo stesso, tanto alla festa non avrei potuto andare. Il sabato pomeriggio ho la partita di calcio. Ho già qualche idea. Un vestito, una collana, un anello, magari anche una bici, così potremmo fare dei giri insieme. Rimane un problema da risolvere: i soldi. Mi è bastato dare un'occhiata alle vetrine e ai cartellini dei prezzi per capirlo. Non posso nemmeno raccogliere dei fiori nei prati. A novembre non ci sono.

Me ne vado in camera mia triste perché non le farò nessun regalo e mi butto sul letto. Un attimo dopo però, come un sacco di altre volte, *TAC!*, idea! Luminosissima! La mia camera ancora una volta è corsa in mio aiuto.

Il papà di Maria Chiara va a pescare. Sono sicuro. L'ho visto con i miei occhi più di una volta. Sicuramente avrà bisogno di esche. Tutti i pescatori le usano. Allora perché non regalarle dei lombrichi? Potrebbe tenerli, nutrirli, e io le insegnerei come farlo. Non che sia difficile, si accontentano di poco, mangiano la terra. Poi, poco per volta, potrebbe darli a suo padre che sarebbe contento.

E io i lombrichi li ho. Anche il mio papà va a pesca e li prende da un tizio che li alleva. Ne ha appena portato a casa un barattolo pieno perché è venerdì e ha già preparato tutta l'attrezzatura per domani che non lavora. So anche dove sono. In garage, dentro un vaso pieno di terra bagnata per tenerli al fresco. Vado a dormire contento.

Così, appena sveglio, prendo il barattolo di vetro con i lombrichi dentro, lo avvolgo in un giornale, lo infilo in un sacchetto di plastica e metto tutto nello zaino. Quando arrivo a scuola, vado di nascosto nella classe di Maria Chiara e poso tutto sul suo banco. Non posso sbagliare, c'è un foglietto appiccicato col suo nome sopra. Bellissimo, tutto rosa con tanti fiorellini attorno. Metto anche un biglietto in mezzo ai lombrichi: *Auguri da me, che sono Massimo.*

Stamattina, prima di uscire, ho anche provato a disegnare un cuore, per poi ritagliarlo, ma non mi è venuto molto bene. Sembra una patata. Rossa, però. Lo lascio lo stesso e vado tranquillamente nella mia classe, sognando il sorriso di Maria Chiara quando avrebbe visto il regalo.

Poco dopo, mentre sto combattendo la solita battaglia giornaliera con la sedia, sento un rumore nel corridoio, poi gente che urla e qualcuno che piange. Forte. Passa qualche minuto, bussano alla porta della classe, entra la bidella Lucia e mi indica con il dito.

«Massimo in direzione».

Ahi! Ripasso mentalmente in rassegna tutto quello che ho fatto negli ultimi giorni. Mi sembra tutto a posto, anche se non si può mai sapere. La scuola è molto strana, tu giri la testa e lei ti morde dove meno te l'aspetti.

Nel corridoio vedo Maria Chiara in lacrime con una maestra che sta cercando di consolarla. Quando si accorge di me, piange ancora più forte. Mi spiace vederla così. Chissà cosa le è successo. Di certo non ha ancora visto il mio regalo. Per un attimo penso che potrei dirglielo e farla smettere di piangere, ma appena accenno a rallentare il passo, la bidella mi trascina via.

In direzione c'è la preside con la mia maestra Annamaria. Hanno tutt'e due la faccia severa. Non mi fanno nemmeno sedere.

«Sei tu che hai messo i lombrichi sul banco di Maria Chiara?»

Ma che domanda è?

«Certo» ho risposto subito.

«E perché?»

Altra domanda stupida.

«È il suo compleanno, è un regalo».

«E perché i lombrichi?»

A me pare chiaro, ma visto che me l'hanno chiesto, spiego: «Non ho mica i soldi per comprarle un diamante. E poi un diamante suo padre mica può usarlo per andare a pescare».

A questo punto stanno zitte e si limitano a fissarmi. Mi aspetto che stiano per tirare fuori la faccenda del "sistemare". Invece no. Però sono sicuro che lo stanno pensando. Infatti la maestra Annamaria mi accarezza la testa. «Torna in classe e impara a collegare il cervello a tutto il resto, prima di fare qualsiasi cosa».

Che è come dire che mi devo dare una sistemata da qualche parte, perché quando in casa una spina elettrica non funziona papà la ripara.

Nel corridoio rivedo Maria Chiara. Adesso è con la mamma. Stanno uscendo. Peccato che sia stata male proprio questa mattina.

Nell'intervallo vedo che tutti mi guardano o ridacchiano. Non capisco, poi quelli della quinta B mi raccontano quello che è successo.

Maria Chiara, appena entrata in classe, ha visto il mio regalo, l'ha aperto e ha urlato qualcosa del tipo: «Che schifo!». Poi, prima di mettersi a vomitare sul pavimento, ha gettato il barattolo per terra e i lombrichi hanno cominciato a strisciare per la classe. Così anche tutti gli altri si sono messi a urlare, correndo fuori dall'aula. I bidelli poi ci hanno messo un'ora a pulire.

Sto zitto. Non oso chiedere dove siano finiti i lombrichi. D'altronde sono triste. A Maria Chiara il mio regalo non è piaciuto.

IL GELATO

Naturalmente, quando arrivo a casa, sanno già tutto. La maestra ha chiamato mamma direttamente sul cellulare. Però non succede niente. Nessuno accenna alla cosa.

Mia sorella mi ha detto solo che sono un po' tonto e che magari un giorno mi avrebbe spiegato lei cosa piace alle ragazze. Così, ancora una volta, mi è sembrato come se dovesse sistemare qualcosa dentro di me.

Papà ha sorriso, però poi l'ho visto con un piccolo cacciavite in mano. Meno male che doveva solo aggiustare i suoi occhiali!

Mamma invece mi ha abbracciato e a cena ha fatto la valdostana con le patate fritte, che è la cosa che mi piace di più.

Penso che sia tutto finito. E invece no. Il giorno dopo, mentre sto tornando dalle attività pomeridiane, all'angolo della scuola incontro la mamma e il papà di Maria Chiara.

Saluto e tiro dritto, ma lei si mette subito a parlare: «Tu sei Massimo, quello che ha regalato i lombrichi a Maria Chiara, vero?».

«Sì, e Maria Chiara come sta?» rispondo subito.

Mi sembra educato chiedere, perché a scuola non l'ho vista e ho pensato che fosse ancora ammalata.

«Bene, domani torna a scuola». Poi fa una pausa e mi dice una cosa che non mi aspettavo: «Ti va un gelato?».

E come no? Così, dopo pochi minuti, ci troviamo seduti a un tavolino della Gelateria del Corso, la più bella della città. I genitori di Maria Chiara prendono un caffè; io una coppa Arcobaleno.

Mentre sto mangiando il gelato, lei comincia nuovamente a parlare.

«Perché hai fatto il dispetto dei lombrichi a Maria Chiara? Ti è spiaciuto che non ti abbia invitato alla sua festa?»

La guardo come se fosse un'extraterrestre appena sbarcata sulla Terra. Dispetto? Festa?

Mi rendo conto che loro non possono sapere e allora spiego: «Non era un dispetto. Io il sabato pomeriggio gioco a calcio, nella Virtus Piazza, la squadra del mio quartiere. Alla festa non ci sarei

potuto andare comunque. Era un regalo per il suo compleanno».

Il papà, che fino a quel momento è stato zitto, comincia a sbuffare. Lei gli posa una mano sul braccio e mi fa un'altra domanda: «E perché i lombrichi? Secondo te cosa se ne faceva?».

Faccio cenno con il capo verso il papà. «Le altre cose che mi erano venute in mente costavano troppo, i lombrichi invece li avevo e ho pensato che al massimo poteva usarli lui, per andare a pescare».

Vedo che il papà di Maria Chiara sta nuovamente per dire qualcosa, ma lei gli tiene il braccio ancora più forte e continua: «A Maria Chiara però i lombrichi fanno schifo».

«E io come facevo a saperlo?»

Faccio una pausa e proseguo: «Poi non capisco come possano fare schifo. Non mordono e non hanno cattivo odore. A me piuttosto fa venire la nausea la cacca dei cani sul marciapiede. Specialmente se ci infili il piede dentro».

Lei sospira. «Sì lo so, però... volevo dirti di non fare più regali a Maria Chiara. Non li vuole».

Allora dico chiaro quello che mi ha suggerito ieri sera la mia camera.

«Certo che no. Maria Chiara, da quando ha gettato per terra il mio regalo, mi piace molto meno. Anzi non mi piace proprio più».

Spazzolo bene il fondo della coppa di gelato prima di continuare: «D'altronde dovevo pensarci prima. Io sono nella sezione A e lei nella B, quindi sono molto meglio di lei e di tutti i suoi compagni, perché la A viene prima della B. Anche nel calcio e in un sacco di altri sport c'è la serie A, la serie B e magari anche la C e la D. Mia sorella Giulietta poi è addirittura nella sezione F. Non mi stupisce. Lei è una specie di cavernicola rompiscatole».

Il papà di Maria Chiara a questo punto batte un pugno sul tavolino così violentemente da far cadere una tazzina che si rompe. Subito dopo si mette a urlare: «Sei un maleducato. Parlerò con i tuoi genitori. E non osare avvicinarti mai più a Maria Chiara».

La mamma adesso lo tiene con tutte e due le braccia, e si guarda in giro. La sento borbottare qualcosa del tipo: «Non facciamo scenate». Poi lo trascina fuori dalla gelateria, mentre lui continua a sbraitare. Io vedo che il cameriere mi sta fissando e mi viene in mente una cosa. Il gelato! Io non ho i soldi per pagarlo, la coppa Arcobaleno costa cara, non voglio mica finire in prigione per colpa loro. Così li richiamo che sono già sulla porta.

«E il gelato?»

La mamma allora spinge il marito fuori, rientra precipitosamente tutta rossa in viso, paga in fretta e se ne va.

Mi accorgo che nella gelateria mi stanno guardando tutti. Io esco senza parlare, però pensando.

Va bene, anche per il papà di Maria Chiara sono da sistemare. E allora lui e sua moglie, che confondono un regalo con un dispetto, mi invitano a mangiare il gelato, si mettono a urlare davanti a tutti e poi se ne vanno senza pagare, non sono da sistemare?

IL VOCABOLARIO INCOMPLETO

Va bene. Devo capire cosa vuol dire “sistemare”. E per una volta faccio quello che le maestre ci raccomandano sempre.

«Quando non sapete cosa vuol dire una parola, cercatela sul vocabolario».

È una specie di filastrocca che ormai ho imparato a memoria. Già, loro la fanno facile, non si rendono conto, o magari fanno finta di non accorgersi, che c'è parola e parola.

Quando ho cercato “cercopiteco” ho trovato una spiegazione piena di paroloni, però alla fine capivi lo stesso che si stava parlando di una scimmia. E io so cos'è una scimmia. Ma provate a cercare una parola difficile come “anamorfosi”, tanto per fare un esempio. Ve lo dico io cosa trovate: *Artifizio pittorico per inserire in una composizione scene o immagini non percepibili se non osservate di scorcio o da un determinato punto di vista.*

Se fosse scritto in cinese, sarebbe meglio. Ma forse per "sistemare" è diverso. Quindi vado in camera di Giulietta, prendo il vocabolario, mi rifugio nella mia di camera e comincio a sfogliare.

Sa…

Se…

Si…

Sissizio.

Sistaltico.

Sistema.

Ecco finalmente:

Sistemare.

E cominciano i guai perché ci sono un sacco di significati, ognuno con il suo numerino.

1: Organizzare.

Organizzare? Si organizzano le feste, i tornei di calcio, le gite scolastiche. A me non sembra proprio che sia necessario organizzare dentro di me una specie di ballo cui partecipano cuore, polmoni, milza e reni. E neppure una gara fra loro, nemmeno a quale funziona meglio, perché a me pare che se la stiano cavando tutti bene.

2: Ordinare.

Non capisco, poi un esempio chiarisce meglio.

Ordinare o riordinare una camera.

Ok, quindi nel senso di metterla a posto. Va bene. Ma io cosa ho da ordinare o riordinare? Per sicurezza mi guardo allo specchio. Tutto sembra normale. Ho due piedi, due braccia, due gambe, un naso, due occhi, una bocca e così via. Tutti collocati al posto giusto. Vabbe', mi mancano un paio di denti, ma mamma mi ha detto che quelli cresceranno quando sarò più grande. E quindi non credo che conti.

3: Risolvere.

Ma dai! Non sono mica un problema di quelli che si cerca di risolvere a scuola. Magari con peso netto, peso lordo e tara che mi fanno sempre ridere.

4: Dare un alloggio adeguato.

Ok, ormai l'ho capito. Chi ha scritto questo vocabolario non aveva le idee tanto chiare. E chi dovrebbe darmi un alloggio? Io ce l'ho la casa. Mi piace, ho perfino la mia cameretta che mi fa venire le idee.

5: Trovare un lavoro.

Mi sa proprio che deve essere l'autore di ciò che sto leggendo a dover essere sistemato. Trovare un lavoro? Insomma, frequento la quarta elementare, che lavoro volete che trovi? Sì, la maestra ci ha detto che in certe parti del mondo fanno lavorare anche i bambini. E il nonno, che vive in campagna, ripete sempre che lui alla mia età portava al pascolo le mucche, ma io non ho mai visto un mio compagno andare a lavorare. Vabbe', un giorno che papà stava verniciando la ringhiera del balcone mi ha fatto tenere in mano il barattolo della vernice, ma questo non è un lavoro. Un lavoro vero, intendo.

6: Dare una punizione o un castigo.

Ah, be'! In effetti, questa è possibile, anche se a me non pare di aver fatto qualcosa di male, almeno negli ultimi giorni. Sì, mi hanno sgridato per i lombrichi, ma nessuno ha parlato di punizione.

7: Sposarsi in modo economicamente vantaggioso.

A parte che io non mi sposerò mai, ormai l'ho deciso dopo la faccenda di Maria Chiara, non può esser questo il significato.

E poi? Poi niente. "Sistemare" è finito e il vocabolario passa a "sistematicità".

Quindi ne so come prima. Ci deve essere un "sistemare" che valga per me e che il vocabolario non contiene, perché se le maestre hanno usato questa parola vuol dire che esiste. Ma dove sta? Devo cercare aiuto da qualche altra parte per capire come comportarmi con le maestre.

LA SISTEMAZIONE DELLE MAESTRE

La maestra Annamaria è follemente innamorata di Alberto Angela. Ma dubito che Alberto Angela sia innamorato di lei. Non che sia brutta, questo no, però si veste sempre con gonne svolazzanti e si mette tanto trucco con i brillantini.

Alberto Angela è uno scienziato e non credo faccia caso al trucco delle donne. Ma proprio perché è uno scienziato mi fa venire un'idea. L'idea su cosa fare per levarmi dalla situazione in cui mi trovo. Insieme alla mia stanza naturalmente, perché in questo momento sono sdraiato sul letto, e la mia stanza non mi tradisce mai.

Siccome gli scienziati osservano e tornano alle origini e siccome era stata la maestra Annamaria a mettere in testa alla mamma quella cosa assurda del sistemarmi, tornare alle origini nel mio caso significa sistemare le maestre, così smetteranno di voler sistemare me. Sì, ma come?

Improvvisamente il film che ho visto l'altro giorno con Michele mangiando pop-corn sul divano di casa sua, arriva dentro la mia testa come un lampo. Sì, c'era quell'eroe che diceva una frase che mi è rimasta impressa: «La miglior difesa è l'attacco!».

Il vestito dell'eroe mi era sembrato un po' ridicolo: calzamaglia nera e un mantello tutto tagliuzzato ma, accidenti, aveva superato con un balzo un'automobile nel traffico mentre un cattivo lo inseguiva ed era ripiombato sulla strada sempre sorridendo. Un po' esagerato, però a un eroe si può perdonare anche l'eccesso.

E soprattutto... Wow, ecco la soluzione!

Secondo il supereroe del film, appunto, bisogna andare all'attacco. E nuovamente la mia camera mi viene in aiuto con un'altra idea.

L'anno scorso è stata premiata Isabella come migliore alunna di tutta la scuola e a proporre la sua premiazione è stata proprio la maestra Annamaria. Quindi Isabella sa tutto delle maestre e può darmi qualche bella dritta su come sistemarle.

Il vero problema, però, è parlare con Isabella a tu per tu senza che nessuno mi senta e si metta a dire in giro che siamo fidanzati. Anche perché dopo Maria

Chiara ho deciso che nessuna femmina merita il mio interesse, almeno finché non sarà chiarito che un barattolo di lombrichi è un bel regalo!

Isabella è della quinta A, le nostre classi sono nello stesso corridoio e poi so che la sua mamma conosce bene la mia perché va a farsi fare i capelli nel suo negozio. Mia mamma è parrucchiera ed è pure molto brava, a parte i tagli che sperimenta su di me e su Giulietta che ci tengono chiusi in casa finché l'effetto "taglio vapore" non sparisce sotto la doccia. Taglio vapore è terribile: i capelli diventano gonfi e la testa s'ingrossa così tanto che quando ti guardi, ti sembra di stare al luna park davanti a uno specchio magico.

Comunque durante l'intervallo del lunedì Isabella col suo grembiule bianco mi passa davanti mentre mangio il mezzo panino con prosciutto e... mi sorride! Sorride a me. La fortuna arriva quando meno te l'aspetti, ma forse arriva quando la cerchi.

«Ciao Isabella... ne vuoi?»

Offrire un pezzo di panino mangiucchiato è un grande gesto, per di più se sei affamato, ma le sistemazioni meritano pure qualche sacrificio.

«No, grazie».

Sta per andarsene.

«Complimenti!»

Si ferma. «E per cosa?»

«Per il premio!»

Ride. «Ma è dell'anno scorso».

«Be', che c'entra! Sempre un premio è. Tu sì che sei brava».

Ride di nuovo, ma non si muove.

«Tu hai capito tutto e io invece niente. Mi daresti una mano?»

Lei esita e io aggiungo veloce: «Per piacere alle maestre».

È curiosa e vedo che si avvicina a me.

Si avvicina e profuma, profuma, profuma. Mi vengono i brividi e mi scappa la pipì e mi dimentico del panino.

«Vuoi il prontuario, eh?» mi chiede.

Annebbiato dal profumo che emana e dalla pipì che si fa urgente, annuisco senza capire. Prontuario. Mi dà il prontuario. Forse è un compito già pronto.

«Il prontuario ce l'ha anche il mio papà che fa il medico, ci sono scritte le cose che si devono fare per salvare la vita».

Questo mi piace molto! Io devo salvare la mia di vita!

«Be', sarebbe un segreto. Però a te lo dico se...» sussurra e si guarda attorno.

Non riesco a dire nulla, nemmeno a respirare, se è per questo. Sto lì all'angolo con un avanzo di panino in una mano e guardo le labbra di Isabella che si muovono e si fermano e dalla sua bocca esce profumo puro!

«...se tua mamma mi fa le *mèches*!»

Deglutisco e annuisco senza pensare ad altro che alle sue labbra e, a dire il vero, non mi interessa più un bel niente del prontuario e delle maestre. Lei invece adesso sembra una specie di treno in corsa. Si appoggia al muro e mi prende la mano libera. Sento una scossa, ma non allontano né la mano e neppure lascio il pezzo di panino.

«Sono cinque regole. Cinque come le dita della mano».

È seria e concentrata, ma continua a parlare sottovoce: «Regola Numero Uno. Guardare sempre le maestre, non abbandonarle mai con gli occhi. La maestra cammina? Tu guardi lei che cammina. tLa maestra arriccia il naso? Tu le guardi il naso. La maestra si gratta un braccio? Tu le guardi il braccio. E così via».

La pipì preme sempre di più, stringo i denti e resisto.

«Regola Numero Due. Sorridere sempre, non ridere, per carità! Le maestre detestano le risate. Sorridere, sorridere e sorridere, allungando le labbra più che puoi. Così!»

Isabella allunga le labbra e me le pianta davanti agli occhi. Forse tra poco svengo. Ma devo aspettare che tocchi il terzo dito.

«Regola Numero Tre. Qualsiasi cosa succeda dire sempre: "Certo, maestra". Questa forse è la più importante. "Cer-to, ma-e-stra!" Lo devi dire scandendo bene le sillabe e con un punto esclamativo alla fine. Hai capito? Le maestre adorano avere sempre ragione».

«Sì». Riesco a malapena a stare in piedi.

«Regola Numero Quattro... Uhm, per te che sei maschio non è molto facile... ma funziona. Se ce la fai, sei un eroe: devi sbattere le palpebre velocemente. Così, vedi?»

A me sembra più un problema di moscerini negli occhi, però ci provo.

«Mi sa che devi esercitarti un po'. Non sei male, però!»

Il suono della campanella ci fa trasalire. Lei lascia la mia mano e guarda il corridoio. Guardo anch'io: tutti camminano verso le aule e la bidella cammina anche lei tenendo in mano un vassoio con i bicchierini di caffè vuoti. Le maestre hanno già preso il caffè! La ricreazione è finita in un lampo e non ho neppure sentito le urla dei compagni e i richiami delle maestre. Isabella si volta e corre via.

«E la Numero Cinque?» urlo sopra le voci dei miei compagni.

Lei si gira per un attimo e sbatte velocemente le palpebre! «Intanto esercitati con i primi quattro!»

Sorride. Bellissima. Com'è brava! Meritava davvero il premio di alunna dell'anno.

Poi infila la porta della sua aula. La quinta regola

del prontuario, forse è la più importante. Be', mi devo accontentare. In fondo ne ho quattro e non vedo l'ora di sperimentarle! Adesso però devo proprio andare a fare pipì!

LA MAESTRA A ROTELLE

Dopo cena mi chiudo in bagno, mi metto davanti allo specchio e comincio a esercitarmi nelle quattro regole di Isabella.

Regola Numero Uno: ok.

Regola Numero Due: ok.

Regola Numero Tre: ok.

Regola Numero Quattro: ok.

Poi, tutto daccapo.

Una, due, tre... mille volte. Fino a quando le urla di Giulietta che picchia alla porta per poter entrare raggiungono l'intensità di un aereo al decollo.

Uscendo, schivo un suo scappellotto. Fosse stata un'altra volta avrei cercato di restituirglielo, ma stasera no. Sono contento. Credo di essere ormai quasi all'altezza di Isabella. Be', sulla Regola Numero Quattro forse dovrei fare ancora qualche esercizio. Sembro un po' troppo Minnie di Topolino.

Comunque, prima di addormentarmi, provo ancora in camera mia, cercando di vedermi nel riflesso del vetro della finestra. Non è la stessa cosa ma, nonostante la mascella dolorante e le palpebre indolenzite, vado a letto felice e mi addormento fiducioso. Attorno a me le quattro mura mi proteggono da ogni creatura sistematrice e la mia camera, con i poster, le ceste dei vecchi giochi, i tappeti consumati, mi saluta come un grande eroe. 'Notte, camera! Sarò un perfetto bambino, domattina.

Il giorno dopo entro a scuola di ottimo umore. Ho consultato anche la mia camera prima di uscire e lei è stata chiara: "Vai! E attacca!".

Appena arrivo, però, mi aspetta una sorpresa. Mentre siamo in corridoio la bidella ci dice che la maestra Annamaria è malata e ci sarà una supplente. Una supplente! Grazie, camera! Sarà perfino più facile. Potrò applicare meglio le quattro regole. Una supplente che non mi ha mai visto prima mi conoscerà per quello che sono veramente. Uno che non ha bisogno di essere sistemato come pensano tutti.

Lei entra in classe dopo qualche minuto. È giovane, anche se ha i capelli bianchi con una striscia viola da una parte. Mi piace la sua faccia. Porta i tacchi alti. Però è su una sedia a rotelle che spinge con le braccia.

Be', a questo punto osservare la Regola Numero Uno, cioè seguirla con gli occhi mentre si avvicina, non mi viene per niente difficile. Anzi, lo facciamo tutti, maschi e femmine. Anche se io di più. Senza parlare. Fino a che lei fa un gesto con la mano come se volesse scacciare una mosca e rompe il silenzio sorridendo.

«Buongiorno a tutti. Mi chiamo Claudia e oggi sarò la vostra supplente... Non avete mai visto una Maestra a Rotelle?»

No. Mai. Ma nessuno lo dice. Muoviamo solamente la testa da destra a sinistra e viceversa. Tutti insieme. Io mi ricordo della Regola Numero Due e sorrido.

Lei riprende: «Le Maestre a Rotelle sono come tutte le altre, solo si muovono in modo diverso».

Io continuo a guardarla e a sorriderle, anche se comincia a farmi un po' male la mascella e vorrei mettermi a osservare qualcos'altro.

Lo so, forse questa è proprio una cosa da sistemare in me, ma non mi piace vedere quelli come lei. Mi imbarazzano, mi mettono a disagio. Penso a come deve essere non poter correre, saltare, camminare, giocare. Mi sento male per loro, mi spiace quasi di essere come sono, quasi non mi sembrasse giusto. E alla fine con loro non so mai come comportarmi.

Mentre continuo a guardarla, lei comincia a spostarsi e una ruota della sua sedia a rotelle si incastra nella Mattonella Maledetta. La chiamano tutti così perché quando la calpesti si sposta e forma un buco nel pavimento. È rotta da quando facevo la prima. Non l'hanno mai riparata. Noi che la conosciamo le giriamo alla larga. Ha già fatto cadere più di una maestra e non si sa quanti bambini. Lei non cade. Ma la ruota si blocca e vedo che la maestra fa fatica a muoverla. Qualcuno ride.

Lei alza lo sguardo e incrocia il mio. Io non ho riso. Però, per la Regola Numero Due, sorrido. E continuo a farlo, anche se in quel momento non mi sembra la cosa giusta da fare. Ma mi dico che, se si decide di attaccare, bisogna farlo fino in fondo. È un'altra frase del mio supereroe. O di un altro, non ha importanza.

Ovviamente, mentre sorrido, non smetto mai di guardarla per la Regola Numero Uno. Poi, però, quasi senza accorgermene, mi muovo e spingo la sua sedia per liberare la ruota. Lei mi guarda per qualche secondo prima di dire: «Grazie, però non mi sembra il caso che continui a sorridere in modo così forzato».

Applico immediatamente la Regola Numero Tre. «Certo, maestra».

«Mi prendi in giro?»

Lo dice ridendo. Lo vedo. Se fosse scritto, ci sarebbe una fila lunghissima di *smile* sorridenti. A questo punto sono sicuro che, se qui ci fosse la mia camera, mi suggerirebbe di stare zitto. Ma quel che è deciso è deciso e l'applicazione della Regola Numero Tre scatta nuovamente: «Certo, maestra».

Lei mi guarda attentamente. «Come ti chiami?»

«Massimo».

«Bene, Massimo. Vai al tuo posto».

Ahi! Conosco quella faccia. Glielo leggo in fronte. Sono uno da sistemare. Allora applico la Regola

Numero Quattro e sbatto le ciglia velocemente. Lei distoglie lo sguardo, quasi infastidita, e indica la sedia alla cattedra. «Per favore, spostala, ché devo entrare lì con le mie rotelle».

Regola Numero Tre. «Certo, maestra».

Vedo il suo sguardo e a quel punto penso che le quattro o le cinque regole funzioneranno magari per Isabella, ma non per me. E che, se invece di pensare a sistemare me, qualcuno avesse pensato a riparare la Mattonella Maledetta io non sarei nuovamente nei guai.

PEGGIO DEI PIDOCCHI

«Ma sei impazzito?!? Ma che ti è venuto in mente?!?»

«Ma perché? Ho seguito tutte le tue regole... A proposito, la Numero Cinque qual è?»

Isabella sbuffa. Mi sento come un biscotto troppo inzuppato nel latte che sta per cadere sul tavolo. Lei è troppo per me. Ho avuto di nuovo la fortuna di incrociarla in corridoio tutta sola, appena tornata dal bagno dove, dopo la merenda, lava i denti. Troppo davvero. Me l'ha detto lei, mostrandomi una serie di piccoli denti scintillanti con le labbra socchiuse che mi hanno fatto deglutire a vuoto due volte, e un borsettino con la zip dove tiene spazzolino e dentifricio, che mi ha fatto pensare a un alieno capitato sul mio cammino di bambino in via di sistemazione. Ma cavolo: chi altri lava i denti durante la ricreazione?

«Io lo sapevo. Un maschio non può capire. Hai sbagliato tutto».

Sembra delusa. Io abbasso la testa e mi preparo a vederla sparire e con lei la Regola Numero Cinque, l'ultima speranza.

«Comunque le *mèches* da tua madre le voglio lo stesso!»

Le *mèches*!!! Me ne ero completamente dimenticato. Come faccio a fargliele fare? E gratis, per giunta! Annaspo con le mani dentro le tasche del grembiule che mi va pure un po' stretto. Ci vorrebbero le paghette di sei mesi per le *mèches*...

«Ma... certo. Solo che mamma non mette coloranti ai bambini... sono nocivi. Fai quelle finte, vero?»

Ne sento parlare spesso da mia madre e da mia sorella e non presto mai attenzione, solo che una volta per Carnevale mamma le ha fatte a Giulietta: capelli color viola qua e là per la testa. Una roba quasi da vomito.

«Dici le *extension*? Uhm... sì, va bene. Le voglio rosa. Vado in negozio sabato!»

Oddio! Che cavolo ho combinato? Le *ex*-cose quanto costeranno? Mamma non accetterà mai di fargliele gratis. Forse posso fare un mutuo. Ne abbiamo uno per pagare la casa e uno per pagare il negozio di mamma. Se ne facciamo un altro, in fin dei conti, è solo uno in più.

La campanella suona, segnando la fine della ricreazione. Sono nei guai, quelli grossi, e non basteranno seghe e martelli e chiodi per sistemarli. Qui, come minimo, ci vuole un trattore o una ruspa.

Isabella se ne va camminando veloce verso le amiche che la aspettano. La sento urlare eccitata: «Avrò le *mèches*!». E le altre ridacchiano e saltellano come rane. Vado verso la mia aula con la testa in ebollizione.

«Massimo! Ehi!»

Mi volto piano piano.

Isabella da lontano mi sorride e mostra una mano aperta.

«La Numero Cinque dopo le *mèches*... sono una che mantiene le promesse!»

Ecco fatto. La mia vita è finita e ho solo nove anni. La porta dell'aula è chiusa, strano la campanella è appena suonata. Abbasso la maniglia ed entro. I miei compagni sono già tutti seduti e la maestra Claudia ha posizionato la sedia a rotelle davanti alla cattedra.

«Eri chiuso in bagno?»

«No, maestra... A dire il vero non ho ancora fatto merenda».

Lei sgrana gli occhi.

«La ricreazione serve per lo più per fare merenda. Cos'hai fatto?»

«Nulla».

Mi perdo per un attimo, poi: «Cioè, ho parlato con dei compagni di quinta».

«Ah! Be', mangerai di più a pranzo. Siediti perché devo parlarvi».

Non credo di aver sentito bene. La maestra Annamaria, quando non riusciamo a fare merenda in tempo, ci manda in corridoio a finirla in santa pace. Mentre vado al banco, guardo gli altri: hanno tutti gli occhi sul pavimento. Uhm.

«Sentite, bambini, oggi ho saputo che la maestra Annamaria ha avuto una notizia fantastica e meravigliosa».

Sto più attento che posso.

«Avrà presto un bambino! È una cosa bellissima! Bene e, visto che bisogna avere cura dei propri piccoli, ha deciso, insieme ai medici, di rimanere a casa per tutta la gravidanza, e anche dopo».

Un silenzio così io non ricordo di averlo mai sentito. Neppure quando gli infermieri della Asl sono venuti a verificare se avevamo i pidocchi in testa. Sono entrati in classe con il sorriso e ci hanno spiegato che sarebbe stato un controllo veloce e senza problemi. Ci guardavamo l'un l'altro tentando di capire chi avesse quegli animali tra i capelli e alcuni hanno pure pianto. A me veniva da grattarmi, ma ho resistito. Comunque ci siamo messi in fila e Martina aveva le uova ma non ancora bestie camminanti. Non erano nate. Mamma mi ha fatto uno shampoo e tutto è finito lì. Ma questa volta è ben più grave dei pidocchi. Quanto ci mette a nascere un bambino? Facile. "Nove mesi" uguale a "eternità".

La maestra Claudia continua come se nulla fosse: «E, per informarvi, la preside ha stabilito che io la sostituisca per tutto il periodo della maternità. Quindi, bambini e bambine, staremo insieme il resto dell'anno scolastico appena iniziato e probabilmente anche all'inizio del prossimo».

A questo punto non manca nulla. Guardo Martina che si gratta la testa e credo rimpianga i pidocchi mai nati, guardo Sauro che tossisce e già sicuramente ha una bronchite e guardo me stesso che non riesco a sorridere né a battere le palpebre e neppure ho intenzione di dire "Certo, maestra". Sono finito. La maestra Claudia, cioè la Maestra a Rotelle, non mi farà nessuno sconto, cercherà di sistemarmi e basta!

Improvvisamente la mia sedia prende vita, si muove, ondeggia, vibra e io faccio fatica a tenerla arpionata al pavimento.

«Massimo! Non riesci a tenere a bada il tuo cavallo? Male, molto male».

Dalla porta socchiusa vedo scorrere immagini di catastrofi e la classe quinta A che in fila va verso la palestra. Isabella mi sorride dalla fessura e con la mano aperta si tocca i capelli. Il labiale è chiaro.

Mèches!

L'AIUTO DI GIULIETTA

L'anno scorso siamo andati a sentire un'autrice per bambini in biblioteca. Non mi è piaciuta. Troppo profumata ed elegante. Nemmeno i suoi libri erano granché, troppo tristi. A me piacciono le storie allegre. Però, quando le ho chiesto da dove le venivano le idee, ha detto che si sdraiava sul letto, guardava il soffitto e prima o poi le trovava lì. «Non proprio appiccicate» ha precisato, le idee erano nella sua testa ma, fissando il soffitto, le vedeva meglio.

È più o meno quello che succede di solito anche a me nella mia camera, non solo guardando il soffitto, ma anche il poster della Juve appeso alla parete, la coppa che ho vinto alla gara dello Sci Club l'anno scorso, o addirittura le tendine con le paperelle gialle con la faccia ridicola che erano in camera di Giulietta e sono passate nella mia quando lei ha deciso di non volerle più.

Oggi, però, anche se è già da un'ora che sono steso sul letto, la mia camera tace. Nessuna idea. E ne avrei bisogno come dell'aria che respiro. Come mi comporto con la Maestra a Rotelle? Perché non mi sembra di avere iniziato col piede giusto. E come risolvo la questione delle *exten*-o-come-cavolo-si-chiamano, sì quelle cose lì che Isabella vuole farsi fare da mia mamma? E chi ha il coraggio di chiedergliele? E cosa le dirò quando mi domanderà perché dovrebbe fargliele gratis? Come faccio a spiegarle la storia delle Cinque Regole? Eppure a Isabella l'ho promesso. E poi voglio sapere la Regola Numero Cinque. Magari mi servirà. Anche se, a rifletterci bene, non è che le prime quattro abbiano funzionato un granché. E non mi sembrano neppure geniali.

Regola Numero Uno. Perché sorridere se magari ho mal di pancia, ho litigato con Giovanni, mamma mi ha sgridato o anche solo semplicemente se sono di cattivo umore?

Regola Numero Due. Perché dire "Certo, maestra" se non sono d'accordo con quello che fa o che dice? Non voglio mica diventare un lecchino.

Regola Numero Tre. Perché guardare la maestra se fuori dalla finestra c'è un gatto che sta dando la caccia a un piccione o nel cielo sta passando un jet?

O era la Regola Numero Uno questa? Boh! Non mi ricordo più nemmeno l'ordine giusto.

Regola Numero Quattro. Perché sbattere le ciglia? Che poi l'ultima volta che ho provato a farlo in casa, papà mi ha chiesto se per caso un tarlo mi stesse trapanando la cornea, mamma è subito intervenuta versando nei miei occhi mezzo litro di collirio e Giulietta ha solo commentato che ero un rincitrullito che dava retta a tutti, perfino a quella smorfiosa di Isabella. Cosa che mi ha dato un tuffo al cuore. Sa qualcosa?

«Vuoi che ti aiuti?»

Come dice sempre mamma, parli del diavolo e ne spuntano le corna. Giulietta è entrata nella mia camera. Ovviamente si è guardata bene dal bussare prima. Però se qualcuno si azzardasse a fare lo stesso con lei, si scatenerebbe la Terza guerra mondiale. Specialmente se quel qualcuno sono io. Comunque sono educato e rispondo: «A far cosa?».

«Hai promesso a una certa Isabella che mamma le farà le *extension* rosa». La cercopiteca adesso ride. «Ma mamma non lo sa ancora».

Inutile chiedere come cavolo faccia a saperlo. Tanto non me lo direbbe. Ogni tanto ho l'impressione che le femmine non abbiano nemmeno bisogno di parlare per dirsi le cose. È come se fossero in collegamento tele… tele… come si chiama? Telepatico, ecco! E sanno sempre tutto di tutte. Come quando butti un sasso in uno stagno e le onde si espandono e tutti capiscono quello che è successo.

«Però ti posso aiutare». Pausa. «Se vuoi...»

La guardo. Certo che voglio, ma a meno che non abbia la febbre o sia improvvisamente impazzita, non credo sia possibile. Non sarebbe più Giulietta.

Legge nel mio sguardo quello che penso e prosegue immediatamente: «Fammi finire. Il mio aiuto ti costerà un mese di sparecchiamento tavola e svuotamento lavastoviglie».

Ah! Così va già meglio. Mi sembrava strano! A casa nostra tocca a me e a Giulietta sparecchiare il tavolo e vuotare e svuotare la lavastoviglie, a turno, una settimana a testa.

«Spiega meglio» indago.

«A partire da quando risolverò il tuo problema, tu sparecchierai la tavola e caricherai e scaricherai la lavastoviglie tutti i giorni per un mese».

Ci penso su un attimo. Faccio due conti. Alla fine si tratta solo di due settimane, le altre due le farei comunque. Le porgo la mano sperando di riavere indietro tutte le dita. «D'accordo».

«Bene, stai a vedere».

E Giulietta esce di corsa urlando: «Mamma, ti devo parlare».

La seguo e quello che sento mi gela il sangue nelle vene.

«Mamma, Massimo si è innamorato di una certa Isabella, che fa la quinta e le ha promesso che tu le farai le *extension* rosa».

Sento un singhiozzo. Di mamma. Non capisco se stia ridendo o piangendo. Penso ridendo. Mentre la temperatura del mio sangue sta risalendo velocemente a quella della lava e divento rosso come un semaforo con il morbillo, comincio a pensare a diecimila modi diversi per torturare mia sorella. Traditrice!

La sento che continua: «Però, volevo dirti, la mamma di Isabella non vuole e quindi se Massimo te lo chiedesse...».

Questa è nuova, e lei come fa a saperlo? Ah già! Il sasso nello stagno. Sento la mamma che smette di ridere.

«Hai fatto bene a dirmelo, grazie. Ma tanto avrei detto a Massimo che l'avrei fatto se Isabella fosse stata accompagnata».

Poi si mettono a parlare piano e non sento più.

Traditrice, traditrice, traditrice mille volte. La vorrei immergere in un formicaio, farle fare compiti di matematica per un anno di seguito, costringerla ad apparecchiare e sparecchiare tavoli in continuazione fino alla fine dei suoi giorni.

Lo sapeva, Giulietta sapeva che la mamma di Isabella non avrebbe voluto e non me l'ha detto. E io adesso per un mese dovrò fare il suo lavoro, tutti sapranno della mia promessa a Isabella, lei non mi dirà più la Regola Numero Cinque e io sarò definitivamente rovinato.

Un disastro. Meno male che domani è domenica, andiamo al Battesimo di mio cugino Domenico e non devo rivedere la Maestra a Rotelle. E poi, a pensarci bene, la faccenda delle *exten*-o-come-cavolo-si-chiamano è risolta. Resta la Maestra a Rotelle.

IL BATTESIMO

Domenico è un nome un po' strano perché non è nato affatto di domenica. Mamma pochi giorni fa ha detto che forse era il nome di un bis-bis-nonno. Comunque il mio cugino numero quattro è nato tre mesi fa ed è il fratello di mio cugino Giacomo, il figlio di zia Luciana, la sorella di mamma.

Giacomo è il cugino numero tre ed è il più antipatico tra tutti i cugini. Ha otto anni ed è bravo in tutto: a scuola, a nuoto, a fare le bolle con il chewing-gum. Inoltre la cosa più grave è che mangia tutte le verdure tranne le melanzane. Quando viene a cena a casa nostra mamma e papà lo dicono almeno una decina di volte: «Vedi, Giacomo mangia le verdure, dovresti imparare da lui!». Il perfettino sorride pure e allarga gli occhi come se volesse vederci meglio.

Per fortuna, oggi andiamo al ristorante, almeno questo supplizio è risparmiato. A me le verdure fanno pena: il sapore è poco e poi sono scivolose nel palato e quindi, poverette, perché mangiarle? Stanno lì per i fatti loro e io per i fatti loro voglio lasciarle.

Mamma si prepara a questo evento da almeno una settimana: ha fatto i capelli più biondi e con i boccoli, ha comprato un abito con le rose e le scarpe con il tacco. La cosa terribile è che ha preparato una camicia e una giacca anche per me. La giacca è blu e ha i bottoni argentati. Io volevo mettere la felpa nuova con i Simpson, ma non c'è stato niente da fare.

Così, adesso che sono le otto di mattina e la mia camera mi dice che è ora di alzarsi, ascolto tutto il trambusto che fa Giulietta in bagno e la mamma che protesta per qualcosa e papà che vorrebbe dormire un altro po'.

La cerimonia del Battesimo è alle dieci. Mi alzo e controllo dalle persiane: c'è il sole e solo un paio di nuvole. La giacca blu è appesa a una stampella insieme alla camicia. L'unica cosa che sono riuscito a ottenere sono i jeans. Mamma non ha obiettato. La cosa positiva è che nessuno dei miei compagni mi potrà vedere conciato così. Vado in bagno, che nel frattempo si è liberato.

Sento la voce di papà: «Quanto sei bella...», quindi mamma è con lui. Poi il silenzio. Sicuro come l'oro che si staranno dando un bacio. I miei genitori si baciano spesso. Troppo, secondo me. A volte mi mettono in imbarazzo, per esempio quando siamo in pizzeria e ci sono anche i miei amici con i loro genitori, loro prima di iniziare a mangiare si danno un bacio, così tutti ci guardano. Io non posso fare a meno di arrossire e il rosso si confonde col pomodoro della pizza.

Quando siamo tutti in macchina e il semaforo è rosso, spesso la mamma si sporge facendo tirare la cintura di sicurezza e schiocca un bacio sulla guancia di papà.

Giulietta fa finta di niente e guarda fuori dal finestrino, io di solito sbuffo. Papà allora mi guarda dallo specchietto retrovisore e mi fa gli occhi brutti.

«Anche tu sei bellissimo... in pigiama!» Ecco la voce di mamma.

Lavo i denti e poi esco dal bagno.

«Ancora sei in queste condizioni?»

Giulietta è pronta: gonna lunga e giacchino, si è truccata gli occhi e ha messo qualcosa di luccicante sulle guance. Bah, le femmine! La odio per quello che ha fatto e ho deciso di non parlarle mai più per tutta la vita. Isabella odierà me e non mi guarderà più, quindi Giulietta si meriterebbe di peggio.

«Smettila, Massimo, di farmi il muso. Cosa potevo fare? Dirlo alla mamma è stata la cosa migliore!»

Non la degno di uno sguardo e torno in camera per vestirmi. La cosa migliore! Certo, un po' lo credo anch'io. Non avrei potuto cavarmela in modo diverso. Però non le darò mai la soddisfazione, mai!

«Pronti? Siete pronti, ragazzi?»

Non rispondo, esco dalla camera e mamma si avvicina ad aggiustarmi il colletto della giacca.

«Ci vorrebbe un garofano bianco nel taschino e saresti perfetto. Sei bellissimo, Massimo».

Oddio, no! Il garofano no! E poi ecco la battuta che poteva risparmiarsi: «Una nota di colore tra i capelli ti avrebbe dato una luce particolare».

Papà ride nel suo completo grigio, io mando giù saliva amara, e poi partiamo.

Siamo a un quarto d'ora di auto. Andiamo a casa di zia Luciana per la colazione "tosta", così dice papà, e poi in chiesa che è a pochi passi a piedi e poi al ristorante che si trova nello stesso vicolo.

«Mi raccomando, Massimo, comportati bene e... cerca di non litigare con Giacomo, almeno oggi!»

Sospiro e mamma annuisce con i boccoli che si muovono come molle. Cerco di stare il più lontano possibile da mia sorella che manda messaggi con il cellulare. Decido che cercherò di stare il più lontano possibile anche da Giacomo, così da trascorrere una giornata senza nessun tipo di problema.

Quando arriviamo da zia Luciana è tutto un baciarsi tra parenti e amici che, per fortuna, sono facili da evitare. I nonni sono vicini alla culla che contiene il quarto cugino. Giacomo è con i cugini uno e due cioè Fabio e Marco, ma appena mi vede mi viene incontro e così posso notare che è vestito uguale al mio papà! Giacca, cravatta, pantaloni con la piega e camicia azzurra. Oddio!

«Ciao, Massimo!»

«Uhmmm, ciao».

«Vieni a giocare con noi?»

«Eh... sì, ma dopo!»

Guardo il tavolo pieno di ogni cosa buona esistente sulla faccia della Terra e privo di qualsiasi verdura. Un dolce che trabocca di cioccolato mi chiama!

«Dai, mangi dopo. Facciamo le bolle di sapone!»

Mi sembra un gioco da bambinetti, ma anche veloce da fare, e quindi saluto la torta al cioccolato e le chiedo di aspettarmi qualche minuto.

Fabio e Marco non ci sono più. Giacomo mi porge

un tubetto di shampoo al limone, poi apre una porta e siamo nella sua camera.

«Quello è il posto del pelato!»

Mi mostra un lettino con le sbarre e capisco che si riferisce al fratello. Uhm… geloso, eh?

«Dai, mettiamo il sapone qui».

C'è una grande bacinella di ceramica piena d'acqua e coperta da un canovaccio vicino al termosifone. Cavolo, ha preparato tutto con cura! Rovescio il contenuto del flacone pensando alla torta. Lui fa altrettanto con un liquido per i piatti.

«Con che cosa facciamo le bolle?» chiedo.

«Adesso bisogna aspettare. C'è scritto così nel libro che ho consultato».

«Uhm, ok, allora nel frattempo posso andare di là…»

«Sì certo, vengo anch'io con te».

Metto il flacone vuoto nella tasca della giacca e poi mi precipito dalla torta al cioccolato. Oh, è qualcosa di super! Zia Luciana è famosa per le sue torte!

«Pulisciti la faccia: è ora della cerimonia!» Papà mi guarda sorridendo e mi strizza l'occhio. «È anche la mia preferita, sai?»

Sembra andare tutto bene. Deve andare tutto bene. Papà è contento di me, mamma pure, Giulietta è presa dai parenti che le dicono: «Oh quanto sei cresciuta e come ti sei fatta bella», Giacomo all'apparenza si è dimenticato di me dopo la storia delle bolle e quindi come problemi rimangono Isabella e la Maestra a Rotelle-Claudia, alle quali penserò domani.

Usciamo e il sole quasi scotta. La chiesa è fresca e piena di fiori. Don Gino saluta tutti e chiacchiera un po' con papà e mamma, visto che è stato lui a sposarli e che mamma prima abitava lì. Io sto vicino a papà quando la nonna, aiutata da zio Mario, porta in chiesa qualcosa coperto da un canovaccio bianco e lo depositano nel fonte battesimale.

All'inizio non capisco bene. La cerimonia comincia e il pelato Domenico è in braccio a mamma che fa da madrina. Il pupo è una cosa rosina con le grinze sul collo, senza capelli e gli occhi grigi che si aprono e si chiudono. Non mi sembra una gran bellezza, ma tutti lo guardano estasiati.

A un certo punto papà prende la macchina fotografica e mi fa cenno di avvicinarmi a don Gino. Obbedisco, anche se non mi va proprio di essere immortalato vicino al quarto cugino, pelato e pure sdentato.

«Così potrai vedere tutto!» mi sussurra papà e io guardo. Don Gino toglie il canovaccio e vedo... Non ci posso credere! Chiudo gli occhi e li riapro per far sparire l'immagine. Ma no, è sempre quella. La ciotola di ceramica bianca dove abbiamo versato litri di detersivo! Perché è qui? Perché? Doveva servire per le bolle di sapone!

Don Gino sembra aver sentito i miei pensieri perché smette di leggere le preghiere e spiega ai parenti. «Questa è l'acqua benedetta, con la quale battezzeremo il piccolo Domenico. L'ho fatta portare un po' a scaldare, quindi non preoccupatevi, il piccino non avrà freddo».

Oddio, l'acqua benedetta?!? Cerco con gli occhi Giacomo che se ne sta ritto e immobile vicino a zia Luciana e a zio Mario.

Don Gino immerge una grande tazza senza manici nell'acqua e poi la versa sulla testa del pelato-sdentato che mia madre tiene tra le braccia. Io chiudo gli occhi e penso che non succederà nulla. Che un po' di sapone non può far male, in fondo. Non credo sia tossico... Al massimo gli farà venire una bollicina, o due. Altro non può succedere.

Riapro gli occhi e la scena che ho davanti è una fiaba-incubo. Gli zii e i parenti di primo e secondo grado hanno gli occhi sgranati e sembrano paralizzati. La testa del pelato-sdentato è circondata da una schiuma bianca e densa con bollicine rosa e azzurre e un gradevole odore di limone. Don Gino tossisce e borbotta e balbetta: «Non so come sia accaduto, non so».

Zia Luciana prende il pelato e lo pulisce con un asciugamano. Il pelato piange e poi strilla. Zia

Luciana piange pure lei. Adesso tutti parlano e guardano il fonte battesimale con preoccupazione.

Poi gli sguardi si spostano su di me. O meglio sulla mia tasca, seguendo il braccio traditore di Giacomo che si è allungato puntandomi addosso il suo indice. Il flacone dello shampoo è ancora lì. Nella tasca della mia giacca blu senza garofano.

Papà mette in tasca la macchina fotografica e si avvicina. Forse adesso mi sveglio e così mi rilasso nella mia camera. Forse adesso verrà l'angelo dei traditi a spiegare che Massimo è un bravo bambino e non ha fatto nulla di male questa volta. Nulla di male neppure altre volte. Che la colpa è del terzo cugino Giacomo, geloso del nuovo fratello pelato e sdentato e adesso profumato di limone!

Invece sento mamma che si rivolge alla zia: «Mi spiace, Luci, è sempre il solito! Pensavo fosse cambiato. Me l'avevano detto che era da sistemare!».

ANCORA LA MATTONELLA MALEDETTA

Vabbe', cosa è successo dopo non è facile da raccontare. E non lo ricordo nemmeno bene. C'era troppa confusione. Però provo lo stesso a fare un elenco.

Io me ne stavo senza parole in un angolo con tutti gli occhi addosso. Non riuscivo nemmeno a respirare. Stavo male. Mi veniva da piangere. Avevo la nausea. Non capivo, non capivo come Giacomo potesse essere così... così... da sistemare, ecco! Lui, non io. Cavolo!

Che fosse un babbeo lo sapevo, infatti gli piacciono le verdure, ma così cattivo, maligno e crudele verso di me, e anche verso suo fratello, no. Non lo avrei mai immaginato. Ancora adesso, una settimana dopo il Battesimo, riesco ad addormentarmi solo se prima faccio un elenco il più lungo possibile dei modi di triturarlo, incenerirlo, farlo sparire dalla faccia della Terra, tramutarlo in pulviscolo cosmico che navighi per millenni fino a perdersi negli angoli più lontani dell'universo. Finora sono riuscito a trovarne almeno un centinaio. Il problema è che non sono proprio facili da realizzare.

Ma prima o poi…

Giulietta si è messa subito a filmare con il cellulare, saltando qua e là per la chiesa, ridendo a crepapelle, applaudendo e gridando che era stato bellissimo e che avrebbe messo il filmato su internet.

Don Gino continuava a farsi il segno della croce, ripetendo che non sapeva se il Battesimo fosse valido. Nel frattempo cercava di mettersi in contatto con il vescovo per chiedere come avrebbe dovuto comportarsi, senza riuscirci perché il cellulare gli sgusciava via dalle mani insaponate e comunque i suoi sforzi erano inutili perché in chiesa non c'era campo.

Zia Luciana, sempre piangendo, gridava che le avevano avvelenato il figlio e cercava di chiamare ambulanza, elisoccorso, pompieri, Soccorso alpino e speleologico, Guardia costiera e, probabilmente anche i Marines, perché lo portassero al pronto soccorso il più in fretta possibile, e Carabinieri e Polizia perché arrestassero me. Anche lei senza riuscirci per la solita questione del cellulare che non prendeva. E più la mamma cercava di calmarla, più lei urlava.

(Apro una parentesi: all'ospedale, quando è riuscita

ad arrivarci, le hanno detto di stare tranquilla perché il bambino stava benissimo, le hanno fatto i complimenti perché aveva un buon profumo di shampoo e di detersivo e le hanno dato una pillola per calmarsi. Questo l'ho saputo dopo da Giulietta.)

Domenico, il pelato, sentendo la mamma piangere e gridare, don Gino balbettare e il vocio di tutti gli altri, si è messo a urlare come un ossesso, tutto rosso in viso, con qualche bolla di sapone che gli usciva dalle labbra per svolazzare tranquilla nella chiesa.

Il suo papà, lo zio Mario, è venuto verso di me con i pugni in aria gridando che ero un delinquente e aggiungendo che, se fossi stato figlio suo, avrebbe saputo benissimo come sistemarmi e che il mio papà e la mia mamma invece non ne erano capaci.

Giulietta allora gli è andata vicino e gli ha urlato di non permettersi di rivolgersi così a suo fratello. Cioè me.

(Altra parentesi: le ho perdonato immediatamente tutta la storia delle *exten*-o-come-cavolo-si-chiamano. È stata proprio una forza.)

Un attimo dopo si è presa gli insulti pure lei.

E io, che fino a quel momento mi sentivo svuotato e senza forze, con solo la voglia di sparire per sempre dalla faccia della Terra, vedendo che lo zio se la prendeva con Giulietta, ho sentito come un fuoco, un'eruzione vulcanica, uno tsunami salirmi dai piedi alla testa e sono saltato addosso a Giacomo gettandolo a terra. Stavo per polverizzarlo quando papà mi ha afferrato di peso, mi ha stretto forte, sussurrandomi di stare tranquillo.

Mamma invece si è fiondata su zio, gli ha puntato l'indice sul petto e tutta rossa, con i boccoli che sembravano tanti serpenti velenosi e arrabbiati, gli ha ripetuto le parole di Giulietta. Scandendole per bene.

«Non. Permetterti. Mai. Più. Di. Rivolgerti. Così. Ai. Miei. Figli».

Lui allora si è messo a urlare che eravamo una famiglia di delinquenti che sarebbero finiti male.

È partita allora una serie di urla di mio padre. Non ricordo bene tutto, però del tipo: «Tu pensa ai tuoi di figli, che Giacomo fa ancora la pipì a letto, Marco dorme ancora nel lettone con voi genitori e magari anche Fabio ha qualcosa che non va, solo che voi lo tenete nascosto perché vi vergognate. E chissà cosa farà Domenico da grande, con un padre così!».

(Altra parentesi: tutte queste cose io non le sapevo. Mi torneranno sicuramente utili in futuro.)

Alla fine di tutto, del pranzo non se ne è più parlato e finalmente, non so come, siamo riusciti a risalire in auto per tornare a casa. Durante il viaggio nessuno fiatava, la mamma era tutta rossa, ansimava per le urla che aveva cacciato, mentre i suoi boccoli si erano trasformati in una specie di cavatappi tristi e flosci. Papà guidava in silenzio. Giulietta invece è stata di nuovo forte. Mi ha guardato, mi ha sorriso e mi ha dato il cinque, alzando poi i due pollici in alto.

A casa, però, sono cominciati i guai e le punizioni.

Niente televisione per quindici giorni.

Niente videogiochi per un mese.

Turni doppi per apparecchiare e sparecchiare, sempre per un mese. Stavolta Giulietta non è stata forte. Anzi si è messa a sghignazzare e adesso, tutte le volte che sono alle prese con piatti, bicchieri e posate, gira per casa con le cuffiette piantate così a fondo nelle orecchie che, secondo me, quando deciderà di toglierle ci vorranno piccone e trapano.

Tutti i pomeriggi accompagno anche a fare la spesa la signora Agnese.

Mi spiego meglio: la signora Agnese è una nostra vicina di casa anziana. Per non farle fare la fatica di portare le borse della spesa la aiutano un po' tutti. Adesso tocca a me. Però, tutto sommato, questa punizione non mi pesa tanto. Lei è simpatica e tutte le volte mi dà un cioccolatino. Anche se forse sono un po' vecchi. Ieri, quando ne ho scartato uno dall'involucro, è volata via una strana specie di insetto.

E io cos'ho fatto in tutta questa baraonda? Io ho provato a spiegare, ma è stato tutto inutile. Quando aprivo bocca, era solo un coro di:

«Tu devi solo stare zitto!»

«Dovresti vergognarti!»

«Che figura ci hai fatto fare!»

«Poteva essere pericoloso».

Per cui ho deciso di tacere e non dire più nulla.

Il problema, però, è che qualcuno ha raccontato tutto a una giornalista e la storia è uscita su *Piazza Maggiore,* il giornale che in città comprano tutti. Non c'erano i nomi, no, ma si è capito tutto lo stesso. Il titolo però era bello.

"Battesimo allo shampoo!"

Lo stesso che è stato dato al filmato che è uscito su internet. So benissimo che è stata Giulietta, anche se lei nega. Devo ammettere che è divertente. Ha avuto più di duemila contatti.

A scuola poi la maestra Giovanna mi ha rimproverato davanti a tutti. E si è pure arrabbiata quando ho detto che non aveva il diritto di sgridarmi perché era una cosa che mi era successa fuori dalla scuola, per cui lei non c'entrava per niente, e io ne avevo già abbastanza dei castighi dei miei genitori.

Isabella invece mi ha detto solo: «Forte il filmato». Si vede che era una degli oltre duemila che l'hanno guardato. Poi ha detto che stava cercando di convincere la sua mamma per le *exten*-o-come-cavolo-si-chiamano. Volevo dirle di fare un po' come le pareva, tanto a me della sua quinta regola non importava più niente, ma non avevo voglia di parlare.

La Maestra a Rotelle Claudia invece non ha detto niente. Mi guarda solo in modo strano. Come adesso, mentre sta spingendo la sedia a rotelle nel corridoio. Ahi! Non sta facendo attenzione e sta andando dritta sparata verso la Mattonella Maledetta. Sto per avvisarla, ma poi mi chiedo: "Chi me lo fa fare?". E così, dopo pochi secondi, la carrozzella si blocca. Vedo che non riesce a tirarla fuori. Io non mi muovo. Sento la sua voce. «Massimo, mi aiuti?»

In un colpo solo dimentico tutte le quattro regole di Isabella. O meglio: non ho voglia di applicarne nemmeno una. Distolgo lo sguardo da lei, non sorrido, non dico "Certo, maestra" e, soprattutto, non sbatto gli occhi. Faccio solo una domanda.

«Perché dovrei farlo?»

Lei risponde tranquillamente: «Perché sono una persona in difficoltà che ha chiesto il tuo aiuto».

Non ho il tempo di pensare una risposta. La guardo e le parole mi escono di bocca quasi da sole: «Anche io sono in difficoltà e nessuno mi aiuta».

Vedo la sua faccia sorpresa, mi sembra quasi di vederle gli occhi lucidi. E allora mi faccio avanti, spingo la carrozzella, la tolgo dal buco della Mattonella Maledetta in modo che lei possa proseguire e me ne vado al bagno. Ho voglia di piangere.

UNA MAESTRA NEL BAGNO DEI MASCHI

Una maestra che mette piede, anzi ruote, nei bagni dei maschi non credo si sia mai vista dai tempi... bah... dai tempi del mai. Eppure è qui, nell'antibagno, dove quelli di seconda e di terza vorrebbero fare battaglie con l'acqua del lavandino, ma lei lo impedisce. È ingombrante con la carrozzina e la porta rimane metà aperta e metà chiusa.

«Fuori tutti!» Lo dice senza gridare, eppure tutti si fermano. Due della seconda con i grembiuli tirati su, impigliati nei pantaloni, escono senza fiatare.

Mi metto in fila anch'io per uscire, tanto la pipì era una scusa per rimanere solo. Tutti possono rimanere soli, tranne i bambini. Mamma di solito se ne va in terrazzo a guardare il cielo e papà si rifugia nel bagno litigando prima con Giulietta perché anche per mia sorella è il miglior posto al mondo. Io ho la mia camera, per fortuna, ma non posso chiudere a chiave, perché proprio non c'è. A scuola è pure peggio. Nel mezzo di un pensiero che ha a che fare con un gol o con le tagliatelle fumanti o con le labbra di Isabella, ecco la voce di "qualcuno" che grida: «Massimo, allora cosa stavo dicendo?».

E cosa stava dicendo? Una volta ho provato a indovinare. Tanto, peggio di così non poteva andare. Ho fissato gli occhi della maestra chiusi a fessura, ho deglutito e ho provato a rimanere calmo. La maestra aveva la penna puntata su una pagina del libro! La leggenda di Fi... il resto era coperto dalla manica del vestito a fiori.

«Stava parlando di una leggenda».

Gli occhi tornano quasi normali. «Sì! Vero, e quale?»

«La leggenda di Fi...»

«Di Fi...»

«Difficile!»

Scaccio il ricordo perché le risate dei compagni hanno coperto la voce della maestra che cercava di riportare l'ordine. DIFFICILE! Ma che mi era venuto in mente? A volte le parole scappano via, per conto loro e non aspettano che il cervello le controlli.

Ma adesso non ho parole. La Maestra a Rotelle

mi guarda senza tradire la minima espressione. «Ti aspetto in classe, Massimo».

Esco dal bagno e cammino piano per il corridoio. Isabella è davanti alla porta della sua classe. Appena mi vede, si muove verso di me. Adesso cosa mi toccherà ancora? Sono pronto a subire gli insulti questa volta. Non ribatterò nulla.

«Ehi, Mas!»

Mi fermo. Alcune femmine di quinta ci guardano. Immagino vogliano divertirsi guardando la scena.

«Sì, fai pure. Lo so quello che pensi».

«Sei un indovino, per caso? Io penso quello che penso».

«Posso andare?»

Non mi sembra vero di cavarmela così.

«Certo, vai pure. Non ce l'ho con te. Lo sapevo che non potevi farmi fare le *extension*. Però mi è piaciuto che tu ci abbia provato. Ecco, volevo dirti questo. Che mi piace come sei».

La guardo negli occhi. Non sta scherzando! Vorrei chiederle di ripetere ogni parola, sillabando, ma poi penso che già sto vivendo in un sogno, quindi è meglio non svegliarsi. «Che mi piace come sei». L'avrà detto davvero? Rimango come un pesce lesso ricoperto di maionese, che tra l'altro detesto. Rimango lì, e lei se ne va verso le amiche. Rimango lì a pensare che per lei inventerei *extension* arcobaleno e imparerei ad attaccarle.

«Ehi Mas... ma che fai? Non mi dire che...» mi ferma Lorenzo.

«Non faccio niente. Torno in classe».

«Ma ti piace quella?» Indica la porta della classe quinta, che adesso è chiusa.

«Quella cosa? Devo sbrigarmi a tornare in classe».

«Ma sì. Quella di quinta. È vecchia!»

Vecchia? «Ha un anno più di noi!»

«Ah ah ah , allora è vero che ti piace! Massimo ama Isabella, Massimo ama Isabella!»

Lorenzo comincia a correre e a urlare, urla e corre, e io lo inseguo e, appena riesco a raggiungerlo, gli faccio qualcosa di simile alla depilazione di cui mamma è una grande esperta.

Invece è veloce e sguscia in classe e si blocca dietro la sedia a rotelle della maestra Claudia. Faccio appena in tempo a frenare, ma comunque non posso non urtare la carrozzina. Ho il fiatone e mi sento sudato. Lorenzo mi guarda quasi sorridendo da dietro la folta chioma della maestra Claudia.

«Sei arrivato finalmente! Lorenzo, puoi andare a posto, adesso che hai guardato le radici dei miei capelli. Sono bianche, vero?»

Lorenzo sembra per un attimo impaurito, poi se ne va. Schifoso vigliacco! Si nasconde dietro la maestra, ma prima o poi rimarrà solo e allora...

«Tu Massimo, invece, per favore dammi la mano».

Sono sbalordito, però allungo la mano verso di lei che l'afferra.

Gli altri sono seduti e stanno zitti a guardare. Non so cosa fare. Mi sento in imbarazzo e mi sento stupido.

La maestra muove una leva sulla ruota della carrozzina e sono certo sia il freno, poi sempre con le mani sposta i piedi dai pedali fino a terra. Continua a fare cose strane: cerca di spostarsi da un lato appoggiandosi alla mia mano e poi prova ad alzarsi. Ho il braccio che mi fa male, la mano mi formicola, ma di certo non mollo. Anzi raddoppio l'energia e uso anche l'altra mano. È pesante, ma riesce a sollevarsi un po'. Sento il suo respiro diventare affannoso e vedo le vene del suo collo gonfiarsi. Cavolo! Vorrei dirle di lasciar perdere, che rischia di farsi male, invece non dico niente.

C'è un silenzio strano, un silenzio non forzato, non è

uno di quei silenzi ottenuti dalla frase della maestra "Zitti, adesso!". Questo è un silenzio che aspetta. Le gambe cominciano a tremare, le sue e anche le mie.

«Forza!» Glielo dico con un filo di voce, ma lei sembra non ascoltare nulla, concentrata unicamente sullo sforzo di alzarsi. Le mie braccia ormai non le sento più quando, all'improvviso, di lei vedo i fianchi nei pantaloni blu. Si è alzata. Si è sollevata. È altissima! Un applauso scoppia spontaneo. Tutti applaudono e ridono e vorrei farlo anch'io, ma non oso lasciarle la mano. Fighissimo!

«Molti anni fa stavo spesso così. Quasi sempre, a dire il vero. Tranne quando mangiavo e quando studiavo. Adesso è rarissimo e mi ci vuole molto aiuto». La sua voce è affaticata, come se avesse scalato una montagna. «Grazie, Massimo. Sei davvero molto forte».

Di nuovo l'applauso, ma stavolta è per me. Non riesco a dire "di niente", oppure "prego". Non riesco a dire nulla perché mi sento emozionato e pure un po' confuso.

«Ancora un attimo Massimo, mi serve di nuovo la tua forza, devo tornare giù».

Infatti sento di nuovo il braccio che diventa pesante

e devo metterci tutta la potenza rimasta per non muoverlo. Piano piano la maestra si rimette seduta, poi aggiusta i piedi sui pedali. «È stato come uscire sul terrazzo del piano più alto di un palazzo. Ho visto bene tutte le vostre teste e ora so chi ha i pidocchi».

Ridiamo tutti e ridiamo forte e ci fa bene ridere perché altrimenti piangeremmo e saremmo una classe di piagnoni. Torno al mio posto e, passando vicino a Lorenzo, gli faccio una smorfia da mostro. Poi prendo il quaderno di italiano e scrivo la data.

NESSUN UOMO È UN'ISOLA

Mamma è appena rientrata dal lavoro. Papà anche. Io sono nella mia stanza e sto pensando che la Maestra a Rotelle è una forza. Sembrava alta tre metri quando si è alzata dalla sua carrozzella. Sono contento che abbia scelto me per aiutarla e che io me la sia cavata bene. Forse poi non sono tanto da sistemare. All'improvviso nella mia stanza entra Giulietta. Senza bussare, naturalmente.

«Vieni in camera mia».

Vabbe', non è che io sia abituato a sentire mia sorella che mi chiede qualcosa per favore, ma stavolta le sue parole sembrano proprio un ordine di quelli che si vedono nei film di guerra. «Soldato! È un ordine! Obbedisci!» E quello fa il saluto militare e corre a combattere senza fiatare.

Comunque, siccome di solito non mi invita nella sua camera, anzi, non lo fa mai, la seguo. Lentamente però, per farle vedere che non può comandarmi a bacchetta. Cosa perfettamente inutile, perché non se ne accorge nemmeno.

Appena entra, mi indica il suo computer che, in teoria, quando papà l'ha comprato avrebbe dovuto essere anche un po' mio. Quando ho provato a dirlo, però, si è scatenato il finimondo. Papà e mamma allora mi hanno promesso che me lo avrebbero regalato alla fine della quinta elementare, ma solo se avessi avuto bei voti. Vabbe', speriamo. Manca più di un anno, ma ho idea che la faccenda del Battesimo non sarà dimenticata tanto presto.

Giulietta smanetta un po' ed entra in Facebook. Anche io sono iscritto, ma senza computer e, con il cellulare che è un catorcio, è come se non lo fossi. Sul monitor compare il filmato del Battesimo. Volto subito la schiena per andarmene. Non ho nemmeno voglia di dire a Giulietta che è un'idea del cavolo, ma lei mi afferra per una spalla e mi costringe a girarmi.

«Guarda dov'è».

Non capisco.

Lei spiega: «È sul profilo di Giacomo».

Guardo. Nessun dubbio, c'è la sua foto. Mio cugino è con una coppetta da quattro soldi in una mano, mentre con l'altra fa il segno di vittoria. Mai saputo cos'abbia vinto. Non me l'ha mai detto. Magari l'ha comprata. Oppure è arrivato primo a qualche gara a chi fa più pipì nel letto. Maledetto! Ma prima o poi lo becco.

Mi volto nuovamente per andarmene e nuovamente Giulietta mi ferma. «Leggi il post».

Leggo. La guardo. Mi stropiccio gli occhi. Rileggo una seconda volta. Poi una terza. Riguardo lei. Mi fa cenno di sì con il capo. Non ci sono dubbi. Le parole sono proprio quelle, chiarissime. Sono sullo schermo, ma è come se fossero scolpite nella pietra.

Bello, vero? Non è stato mio cugino Massimo a fare questo. Sono stato io. Lui si è solo preso il merito, come per un sacco di altre cose. Lui è fatto così. Voglio che si sappia.

Non so cosa dire. Ma gli è dato di volta il cervello? Non può esserci altra spiegazione.

In quel momento entra mamma, preoccupata che fossimo insieme in camera di Giulietta senza urlare o litigare: una cosa fuori da ogni logica in casa nostra. Giulietta gli indica il computer. Mamma legge, mi guarda, rilegge, mi riguarda. Poi pronuncia solo due parole.

«È vero?»

Faccio cenno di sì.

«Perché non l'hai detto?»

«Mi avreste creduto?»

Vedo i suoi occhi riempirsi di lacrime, poi mi abbraccia, balbetta parole che non capisco fino in fondo, anche se il senso è chiaro.

«Scusa, scusa, scusa. Ho sbagliato io, ha sbagliato papà. Non succederà mai più».

Poi si rivolge a Giulietta. «Tu lo sapevi?»

Lei fa cenno di no.

«Però mi sembrava strano che fosse stato Massimo». Fa una pausa e sorride. «Anche se non si può mai dire».

A questo punto mamma mi lascia andare e afferra il cellulare. Un attimo dopo la sento dire: «Hai visto quello che ha scritto Giacomo su Facebook?».

È al telefono con la zia, ma si allontana e non sento più quello che dice.

Papà, cui nel frattempo Giulietta ha spiegato tutto, mi

porge il mio giubbotto. «Bene! Ti chiedo scusa anch'io. Abbiamo sbagliato. E adesso andiamo tutti a mangiarci una pizza».

Sono a scuola adesso. Ho chiesto il permesso di andare in bagno perché devo pensare. Dopo ieri è successo il finimondo. Questa mattina mamma mi ha spiegato qualcosa, dopo essere stata ancora per ore e ore al telefono con gli zii. Ho anche sentito zia Luciana piangere.

«Sono tutti molto dispiaciuti per quello che è successo. Ti chiedono scusa. Si sono accorti che Giacomo ha dei problemi seri da risolvere e adesso va da uno psicologo».

Stavo per rispondere con un bel "chisseneimporta" con il botto, ma all'improvviso ho capito che stava per arrivare dell'altro e probabilmente non mi sarebbe piaciuto.

«...e lo psicologo vorrebbe parlare anche con te».

Rispondo subito: «Perché?».

«Non lo so...» Pausa. «...però la zia mi ha detto che sarebbe importante. Per capire. E aiutare Giacomo».

«Non ci vado. Nemmeno se mi pagano».

Mamma allora aveva lasciato perdere, anche perché era già tardi e dovevo andare a scuola. Però so che a casa riprenderà il discorso. E anche io a questo punto non so bene come comportarmi.

Mi sto avviando lentamente in classe, chiedendomi perché la vita dev'essere sempre così complicata, quando vedo la Maestra a Rotelle sbucare dall'angolo del corridoio. Viene dritta verso di me. Mi fa cenno con la mano di aspettarla: ce l'ha con me, non ci sono dubbi. Arriva vicino alla Mattonella Maledetta, la evita con un'elegante piroetta, poi si ferma al mio fianco.

«Ciao, Massimo. Ho sentito tua mamma».

Be', non perde tempo in chiacchiere, questo bisogna dirlo. Meglio così.

Lei continua: «Ti devo ringraziare. Dice che mi ha chiamato perché tu parli sempre molto bene di me».

Vabbe', adesso non esageriamo. Ho solo raccontato di quando si è alzata dalla sedia a rotelle. Ma non ho mai dimenticato che è pur sempre una maestra.

«E allora mi ha chiesto di parlarti».

Sto zitto. Tanto non saprei cosa dire. E comunque capisco cosa sta per dire lei.

«Mi ha detto che non vuoi andare dallo psicologo di tuo cugino».

Rispondo immediatamente. «E perché dovrei? Perché dovrei aiutare mio cugino? Mi ha incolpato di una cosa che non avevo fatto. Mi hanno rimproverato in tutti i modi. Hanno detto che ero un delinquente, mi hanno punito. Si arrangi».

Vorrei andarmene, ma lei mi guarda fisso negli occhi. «Guarda che tra voi due chi sta peggio è lui. Se per attirare l'attenzione deve confessare quello che ha fatto su Facebook, ha veramente bisogno di aiuto».

Scrollo le spalle. «Non ha confessato proprio un bel niente. Si è accorto che il filmato su internet era visto da un sacco di gente e voleva solo farsi bello».

Lei non molla. «E non credi che accusarsi di una cattiva azione per farsi notare sia anche peggio?»

Non so cosa dire. Se avevo dei dubbi prima, adesso sono aumentati. Lei continua a guardarmi.

«Massimo, sai cosa dice una poesia bellissima?»

Faccio cenno di no con il capo. Adesso ci si mette anche con le poesie! Ma dove l'hanno presa la Maestra a Rotelle?!?

Lei comincia a recitare a occhi chiusi.

Nessun uomo è un'Isola,
intero in se stesso.
Ogni uomo è un pezzo del Continente,
una parte della Terra.

Riapre gli occhi. Sono lucidi.

«Hai capito cosa vuol dire?»

Non mi piacciono tanto le poesie, anche se una così non l'avevo mai sentita, ma non sono stupido. Faccio cenno di sì con il capo. Non riesco a sopportare il suo sguardo, eppure mi piace che mi guardi così. Come se non fossi un bambino.

«Io l'altro giorno non avrei potuto alzarmi dalla sedia se tu non mi avessi sostenuto. Pensaci». Mi fa un cenno con la mano e sposta la carrozzella. «E adesso torna in classe».

I PIEDI ARRICCIATI

Ci sono molti motivi per cui Isabella mi fa sognare.

Ci sono molti motivi per cui tutti dicono che io sia da sistemare.

Ci sono molte persone che sono nelle mie stesse condizioni.

Queste tre cose mi vengono in mente così, mentre papà mette la freccia verso il centro commerciale. C'è qualcosa che le collega, ma il filo si intreccia e non riesco a capire dove vada a finire. Anche la mia camera non mi protegge più come un tempo.

Stamattina, prima di andare a scuola, stavo cercando un'ispirazione su come superare le numerose difficoltà che incontro ogni giorno, quando la mamma è entrata e mi ha detto che da quel momento in poi nessuno, tranne il sottoscritto, si sarebbe più occupato della sistemazione della mia camera e che, se l'avesse trovata in un disordine non *adeguato*, avrei avuto gravi sanzioni.

Non ho chiesto quale fosse il livello giusto del disordine e neppure quali fossero le sanzioni che poi, anche se non conoscevo bene il significato, ho capito che si sarebbero tradotte in punizioni, mi sono sentito solo triste.

Tutti mi chiedono qualcosa, tutti vogliono da me qualcosa. E io non sono pronto. Giulietta dice spesso: «Diventa grande», papà ripete: «Cadesse il mondo... quando cresci?», mamma vuole che io diventi "responsabile". A scuola Gemma mi ha fatto vedere il suo album sugli animali completo di tutte le figurine e voleva regalarmelo a tutti i costi. Un'oasi! Lei è l'unica che non mi chiede mai nulla. Le ho detto di no, che non potevo, e quasi ci è rimasta male. A Gemma voglio bene, però a me piace Isabella.

«Ehi, ti sei perso nei pensieri?»

Papà ha parcheggiato e mi osserva. Dobbiamo fare la spesa "grossa" e il sabato mamma lavora fino a tardi, così di solito è papà che va al supermercato e io lo aiuto. Giulietta è andata al compleanno di una sua amica, tutta vestita luccicante.

«Roba che scotta?»

«Eh?»

«Voglio dire, hai pensieri che ti bruciano?»

«No no... cioè un po' sì».

Guardo papà che mi sorride, ma non è uno di quei sorrisi che fai per prendere in giro. È un sorriso "di bene". Eppure non dimentico che lui è uno di quelli che vuole sistemarmi.

«Non mi comporto bene, lo so».

«Be', non sempre. Ma è normale».

«Normale?»

"Ma se è normale, allora perché tanto accanimento?" penso, ma non lo dico.

«Certo che se cercassi di migliorarti un po', di fare qualcosa di carino per gli altri, i pensieri brucerebbero di meno...»

Lascia la frase andare via e apre la portiera, ma prima mi dà una carezza sulla testa. Scendo dall'auto e mi avvio verso l'area carrelli con l'euro in mano da infilare nella fessura per poterne sbloccare il primo. Di solito fatico un po' e invece questa volta la catenella si sgancia e il carrello viene fuori senza inciampi. Bene.

Papà controlla la lista della spesa che è scritta in un foglietto spiegazzato. Entriamo nel centro commerciale pieno di gente. Il supermercato è a destra e spingo il carrello vuoto verso gli scaffali di "farina e biscotti". È un attimo e mi sembra di sognare. Chiudo gli occhi e li riapro velocemente. C'è Lei! Proprio Lei! Isabella, dentro un giacchino rosso, sta scegliendo i biscotti! Accanto a lei una signora bionda sta leggendo qualcosa su una confezione.

«Troppi grassi insaturi...» mormora la signora.

Mi fermo perché davvero non so cosa fare. Papà mi chiama e allora Lei alza la testa e mi vede. Mi vede, sorride e appoggia i biscotti nel carrello, poi si muove verso di me. Tutto di seguito, in un procedere senza sosta. Io indietreggio un po'. Lei supera il carrello e poi sento le sue braccia attorno a me. Sto sognando? Cioè, me lo sto immaginando? Riesco solo a non respirare e così sento il suo fiato sul collo. Una specie di scossa elettrica mi attraversa tutto e i piedi dentro le scarpe si arricciano. I piedi si arricciano? Ma dai! È proprio così.

Si stacca da me e vedo i suoi occhi vicini ai miei e la sua bocca che si apre. «Questa è la Regola Numero Cinque!

L'abbraccio!» ride e torna verso la signora bionda che dev'essere sua mamma.

Io rimango fermo, immobile e respiro a fatica. La quinta regola! Isabella mi ha abbracciato! Solo questo il mio cervello riesce a ripetere all'infinito.

Poi scompare verso lo scaffale "marmellate e conserve" e mi pare che ci sia la nebbia.

«Che bell'abbraccio! Complimenti!» Papà, vicino a me, fa finta di non guardarmi. So che la mia faccia è rossa e, in silenzio, lo ringrazio.

«È una compagna di scuola?»

«Sì sì».

«Uhm, benissimo. Vai a prendere la farina, io vado verso le verdure, ci vediamo lì».

Meno male, papà se ne va e mi lascia tra i biscotti ancora un po'. Ho bisogno di riprendermi. Isabella mi fa sognare perché mi fa arricciare i piedi. O, meglio, le dita dei piedi, perché sono quelle che all'improvviso raschiano il dentro delle scarpe. Il suo abbraccio è la cosa più bella che io abbia mai avuto, così diverso dall'abbraccio di mamma e dalle carezze sulla testa di papà. Così diverso da tutto. Respiro forte e sorrido. Sono felice. Mi sposto con il carrello per cercare la farina, sperando di rivederla e allo stesso tempo temendo di rivederla. Ho quasi paura di sentire di nuovo i piedi arricciarsi. Ho quasi paura che lei non mi guardi più e faccia finta di nulla.

Tra due corsie vedo una cosa strana. Una specie di piramide d'oro. Una piramide immensa che quasi tocca il soffitto e scintilla nelle luci al neon. Il cartello dice: "Un regalo per chi ami".

Sono cioccolatini! Giro attorno alla piramide di scatole e controllo il prezzo. Quattro euro. Il conto è semplice. Prendo cinque euro alla settimana. Papà è puntuale con i pagamenti che avvengono ogni sabato mattina. Infatti nel portafogli ho cinque monete da un euro. Posso rinunciare a figurine e pizza fino a sabato prossimo. Quindi decido: prendo una scatola d'oro, la pago e poi rientro nel supermercato, cerco Isabella, le consegno il regalo, magari lei mi sorride e mi dice grazie e forse mi abbraccia di nuovo, anche se forse è meglio di no per via della mancanza di respiro e dell'arricciamento dei piedi, e infine raggiungo papà. Facile, facilissimo. Stupendo. Un piano che non fa una piega. Cos'aveva detto papà? Fai qualcosa di carino per gli altri... Perfetto, mi sembra perfetto! Mi concentro sulla piramide, le scatole sono tutte uguali eppure una brilla di più! Allungo la mano e controllo che non ci siano difetti, non vorrei fare brutta figura regalando una scatola ammaccata.

«Ehi, Massimo! Ci rincontriamo! Che bello!»

La voce arriva da destra. Ed è la *sua* voce. Mi volto di scatto e, nel farlo, la mano collegata al braccio fa una parabola violenta come il cuore che riesce in un tuffo annodato. Lei è lì che mi guarda insieme a sua mamma, e adesso la sua bocca con le sue labbra meravigliose diventa uno zero. Uno zero che ulula, mentre un sibilo attorno diventa sempre più forte. Il sibilo si trasforma in boato e poi piove l'oro. Piovono scatole d'oro addosso a me, attorno a me, dentro il carrello, sugli scaffali dei pomodori, sulle ceste di erba cipollina, sulle bottiglie di passata di pomodoro, sul pavimento.

Sento rumore di passi da ogni parte. C'è una folla attorno a me e io sono nel mezzo. Guardo verso il soffitto e la piramide non c'è più, sprofondata in un mare d'oro di macerie.

«E adesso chi sistema tutto questo?»

La frase chissà chi la dice... ma tanto questo è il mio destino, il destino di uno da sistemare.

SCATOLE DI CIOCCOLATINI

«Ehi, tu! Sei sordo? Ho chiesto chi è che adesso sistema tutto questo!»

La voce è quella di prima e stavolta vedo chi sta parlando. È uno dei sorveglianti del supermercato. Alto, grosso, testa rasata e tatuaggio sul dorso della mano con cui mi sta afferrando la spalla.

Vorrei rispondere di non preoccuparsi, che sistemerò tutto io, ma so benissimo che non saprei nemmeno da che parte incominciare. Le scatole sono sparse sul pavimento. Due o tre si sono anche aperte e i cioccolatini sono finiti dappertutto. Qualcuno è anche stato schiacciato. Così, dico la prima cosa che mi viene in mente, che poi è la verità.

«Non lo so».

L'uomo mi guarda storto. «Fai il furbo, eh? Scommetto che volevi rubare».

Rubare? Io? Attorno a me si sta fermando un po' di gente, ma non vedo nessun volto familiare e non oso guardare nella direzione in cui dovrebbe trovarsi Isabella. Anche se penso che ormai non ci sia più. Secondo me è fuggita appena ho combinato il guaio. Di papà nessuna traccia. Dev'essere dall'altra parte del supermercato, da dove non mi può né vedere né sentire. Sono solo. Mi accorgo in quel momento di avere in mano una scatola. La lascio cadere come se scottasse. Nuovamente non so cosa dire, ma tanto non avrei nemmeno il tempo di fiatare perché l'uomo alza la voce: «Ehi, chi è il responsabile di questo bambino?».

Bambino? A me che faccio la quarta? Non che voglia protestare, non ne ho il coraggio, però la cosa mi irrita. Ma non ho neanche il tempo di studiare una risposta perché l'uomo si rivolge a me con tono severo: «Sei solo?».

Altro che le dita dei piedi arricciate di qualche minuto prima. Ho freddo. Ho caldo. Mi scappa la pipì. Ho mal di pancia. Ho voglia di vomitare. Tutto insieme. Mi stanno guardando tutti. Però, raccogliendo quel poco fiato che mi è rimasto, riesco a cominciare una risposta: «No. Io...».

Nuovamente non ho il tempo di finire. Qualcuno mi interrompe: «Non l'ha fatto apposta. Ho visto. Voleva solo prendere una scatola».

La conosco questa voce. È la sua. *LA SUA*. Di Isabella! È accanto a me, mi ha preso una mano e sta guardando l'uomo, che gli punta subito l'indice contro. «E tu chi sei?»

Lei gli risponde immediatamente: «Una sua amica».

Lui la guarda storto, mentre a me si arricciano nuovamente le dita dei piedi.

«Bene! Allora vuol dire che verrai anche tu nell'ufficio del direttore».

Io sento la mano di Isabella nella mia e decido che non mi importa più di niente. Se lei continua a tenermela vado dal direttore del supermercato, dalla preside della scuola, dal Presidente della Repubblica, dal Papa, dovunque. Su una gamba sola, a testa in giù camminando sulle braccia, facendo piroette. Anche con i piedi arricciati. Però, mentre stiamo per muoverci, sentiamo una voce che conosco molto bene.

«Scusi. Non faccia tanto lo sgarbato con due bambini. Anche perché siete voi a essere in torto».

La Maestra a Rotelle! Che cosa ci fa qui? Ci mancava solo lei. Quella che dev'essere sistemata ho l'impressione che sia soltanto la mia sfortuna. La vedo però sorridere a me e a Isabella, mentre l'uomo guarda storto anche lei. «E lei chi è?»

«Una cliente del supermercato». Poi prende una delle scatole in mano e gli fa una domanda: «Sa quanto pesa?».

L'uomo la fissa stupito.

Lei continua: «Guardi! C'è scritto qui: peso netto cinquecento grammi».

Stavolta l'uomo annuisce. Però ha la faccia che hanno i miei compagni quando la maestra chiede se hanno capito e loro rispondono di sì anche se si vede benissimo che non hanno la più pallida idea di quello che sta dicendo.

La maestra continua implacabile: «Più il peso della confezione». La soppesa. «Scatola di latta. Diciamo un altro paio di etti».

L'uomo continua ad annuire. Io guardo Isabella che mi sorride. Ormai non sento più le dita dei piedi.

«Bene, facciamo sette etti. Più o meno» fa i conti la maestra. «Ha idea di quante scatole ci fossero nella piramide che è crollata?»

Stavolta l'uomo fa cenno di no, con la faccia sempre più stranita. Attorno si sta ammucchiando un bel po' di gente.

«Bene! Guardi, la base della piramide che è crollata è un quadrato di dieci scatole per dieci, quindi...» La maestra tace un attimo, estrae lo smartphone e si mette a digitare furiosamente. Quando ha finito, guarda l'uomo negli occhi.

«...dovevano esserci circa quattrocento scatole».

Subito dopo riprende a digitare parlando tra sé e sé.

«Abbiamo detto circa settecento grammi l'una...»

Altra digitazione furiosa, poi alza lo smartphone e fa vedere il display al sorvegliante.

«Quindi parliamo, sempre più o meno, di duecentottanta chilogrammi».

Altra pausa. C'è sempre più gente attorno a noi. Isabella nel frattempo mi è venuta più vicino, mentre la maestra prosegue: «Ha idea di cosa sarebbe successo se la catasta avesse sepolto un bambino piccolo sotto tre quintali di latta, carta colorata e cioccolatini? Dovreste ringraziare lui,» mi indica «che ha fatto crollare tutto e magari vi ha evitato guai maggiori».

A questo punto dalla gente partono applausi, gridano: «Brava», e altri commenti.

«Ha ragione!»

«Imparate a fare il vostro mestiere».

«Dovreste vergognarvi, prendersela con due bambini».

Verissimo. Non potrei essere più d'accordo. Sono felice che facciano applausi alla mia maestra. E anche un po' a me e a Isabella. Le persone attorno a noi continuano a commentare.

«Avrebbe potuto essere una strage».

Vabbe', adesso non esageriamo.

«Portate quel bimbo al pronto soccorso. Magari è da sistemare!»

Cavoli! Chi parla è una signora giovane che mi sta indicando con un dito. Ma le persone si alzano la mattina e il loro primo pensiero è: "Oggi devo sitemare Massimo"? Non hanno di meglio da fare? Però io al pronto soccorso non ci vado manco morto. Primo, perché dovrei lasciare la mano di Isabella. Secondo, ci sono già stato quando mi è venuto un ginocchio gonfio come un'anguria per una caduta sul campo di calcetto e non mi sono divertito per niente.

«E poi hanno aumentato il prezzo dei piselli in scatola».

A parlare è stata una persona anziana. Questo non capisco cosa c'entri. Gli adulti sono strani. A volte. Quasi sempre, a dire il vero. Comunque applaudo anch'io, entusiasta di tutto. Anche per i piselli in scatola. Isabella guarda tutti e sorride. Sembra una regina.

«Isabella, cosa stai combinando?»

Mi volto verso la voce e vedo Isabella adulta. Cioè, come sarà Isabella da grande. La donna che è arrivata è la sua mamma.

Lei risponde subito, indicando la maestra: «Niente, stavamo parlando con una maestra della nostra scuola».

La maestra le porge la mano e poi tutte e due

cominciano a parlare fitto fitto, volgendo lo sguardo verso di me e Isabella. Sono imbarazzato. Ma piuttosto che lasciarle la mano, me la faccio tagliare.

In quel momento si fa avanti un signore ben vestito seguito da due commesse. Fa cenno al sorvegliante di allontanarsi, cosa che lui fa in fretta, e si rivolge alla maestra, porgendole la mano. «Sono il direttore del supermercato. Penso che lei abbia ragione. Provvederemo. Nel frattempo...» Prende due scatole d'oro tra quelle cadute per terra e ne porge una a me e una a Isabella. «Diciamo che è un regalo per averci evitato qualche guaio».

Poi si rivolge alle due commesse. «Portate via tutto. Studieremo un'altra soluzione».

La Maestra a Rotelle allora ci saluta tutti con un sorriso e un cenno del capo e si allontana. Io ho la scatola in mano e penso che purtroppo l'idea di regalarla a Isabella non è più realizzabile. Peccato. Decido però di spiegare cosa avevo intenzione di fare.

«Volevo regalartene una».

Lei sorride e, giuro, sbatte le ciglia. Che cos'era, la Regola Numero Quattro? Sì, mi pare di sì. È bellissima. Deglutisco, mentre ormai le dita dei piedi sono tutte un crampo.

«Lo so».

La guardo stralunato. Lo sa? Ma come ha fatto a capire? È vero, a volte le femmine sembra proprio che abbiano un terzo occhio da qualche parte che permette loro di vedere nel cervello delle persone. Una specie di vista a raggi X come Superman. Non ho però il tempo di dire nulla perché lei continua a parlare: «Però possiamo fare una cosa».

Mi porge la sua scatola e prende la mia. «Ecco, così il regalo ce lo siamo fatti tutti e due».

Poi si allontana con sua mamma. Però, fatti due o tre passi, si volta e mi sorride un'ultima volta. I cioccolatini non li mangerò mai. Li conserverò per l'eternità.

«Cos'è successo? E cos'è quella scatola?» La voce è di papà.

«Me l'hanno regalata».

Mi guarda, aspettando che continui. Ma non gli spiegherò niente. Quello che è successo è una cosa mia. Tutta mia. E improvvisamente mi vengono in mente le parole della Maestra a Rotelle: «Nessun uomo è un'Isola».

Anche nessun bambino, se è per quello. L'ho imparato oggi.

IL BAMBINO QUASI A ROTELLE

Isabella è bellissima. Isabella è fantastica. Isabella è bellissima e fantastica. Isabella è meravigliosa. Isabella è bellissima fantastica meravigliosa.

Mi sveglio con tanti aggettivi e un solo nome. La mia cameretta è d'accordo e non fiata. Isabella. Sul comodino la scatola di cioccolatini. Ne ho mangiati tre. Devo preparare la borsa per il calcio e lo zaino per scuola. Sono contento. Sento papà che parla con Giulietta in corridoio. Sono contento. Mamma è in cucina e ascolta le previsioni del tempo alla Tv. Sono proprio contento. Mi vesto e lavo i denti, vado in cucina e prendo la spremuta d'arancia senza dire una parola.

«Hai un sorriso da rincitrullito sulla faccia, ti sei accorto?»

Non rispondo a Giulietta, le sorrido e vorrei dirle che la sua faccia è da rincitrullita senza il sorriso, ma sto zitto.

In macchina papà fa le solite raccomandazioni: «Cerca di stare composto, sii educato, non metterti nei guai, ormai l'anno scolastico è finito, fra poco ci saranno le pagelle, evita di farti richiamare».

Mi piacciono tutte queste parole, anche se non le ascolto per davvero. Ormai mi sento a posto e ne sono contento. Sono cambiato, lo sento. La maestra non si lamenterà più di me perché mi distraggo e mi muovo come un'anguilla. Voglio stare attento e voglio capire quello che c'è da capire perché, alla fine, non conviene essere da sistemare.

Quando l'auto si ferma corro verso il portone della scuola e da quando mi sono svegliato a questo momento ho pensato solo: "Isabella è fantastica, meravigliosa, bellissima». Nel corridoio la vedo e i piedi combattono dentro le scarpe per fuggire via. Non è sola, ma non è come al solito con le sue amiche di quinta. È con Claudio. Il tipo della quinta C che ha vinto il campionato di karate e indossa sempre la medaglia perché gli altri non si dimentichino di quanto è bravo. La medaglia di oro finto oscilla, mentre lui si china verso Isabella.

Vorrei correre da lei e parlarle prima del suono della campanella. Vorrei chiederle se i cioccolatini che le ho regalato le sono piaciuti. Vorrei... però mi blocco.

Claudio le sorride in modo strano e lei… non so cosa faccia perché si è girata dall'altra parte e di lei vedo zaino e gambe dentro calzini rosa, piedi e calzini dentro scarpe da ginnastica.

«Ehi ciao, sempre a guardare la vecchia, eh?»

Mi volto di scatto. Purtroppo è Lorenzo, che mi supera ghignando e se ne va per l'altro corridoio, quello che porta ai bagni.

Torno con lo sguardo verso Isabella. Ha allungato le braccia davanti a sé, mentre Claudio la spintona verso un angolo del corridoio. Cosa sta succedendo? È come se volesse difendersi. Non riesco a capire bene, ma non ce n'è bisogno. Lascio cadere lo zaino a terra. È un attimo, e un attimo è anche troppo. Il supereroe che c'è in me adesso è tutto pronto con mantello e stivali e maschera. Butto fuori l'aria e comincio a correre e, mentre

corro, mi concentro sulla medaglia d'oro finto che ondeggia e ondeggio anch'io. Dalla bocca mi escono le parole: «Lasciala stare, vigliacco!».

C'è un altro attimo. Di lucidità.

Dall'angolo sbuca la sedia a rotelle e la maestra tiene qualcosa tra le mani.

Non posso fermarmi. Anche volendo, non ci riuscirei. Ogni muscolo continua a fare quello che gli ho ordinato poco fa e così, in un lampo, sono addosso a Claudio.

Cadiamo a terra con un rumore strano, e nel mio sogno penso siano spade che si stanno toccando. Non so come, mi ritrovo sotto di lui e la mia gamba è incastrata alla ruota della sedia a rotelle.

«Ma sei matto?» ansima lui. Vorrei sferrargli un pugno, ma anche il mio braccio è intrecciato tra i meccanismi della carrozzella.

Non vedo la maestra, forse è caduta.

«Chiama il bidello, Isabella, corri!»

Questa è la voce della maestra. Oddio. E se si è fatta male?

«Per la miseria! Che è successo qui?»

Da terra vedo gambe diverse. Molte piccole con jeans e scarpette e due grandi. Devono appartenere al bidello del piano terra. Poi vedo anche la sua faccia, per niente rassicurante. Io non riesco ad alzarmi e sento un dolore che cresce sempre più al braccio e alla gamba.

C'è una confusione che non mi piace, qualcuno grida e altri corrono.

Vedo arrivare una specie di poltrona e poi le braccia del bidello che sollevano la maestra e la appoggiano al sicuro. Mi guarda e si tocca la testa.

«Adesso come facciamo a togliergli il braccio da lì? Dovremo segarlo».

Il terrore m'invade. Infatti sono diventato un tutt'uno con la sedia a rotelle e ogni minimo movimento mi dà un dolore atroce.

«Maestra, mi spiace, la telecamera si è rotta».

È il vigliacco a parlare, che oltretutto non si è fatto niente.

«Pazienza, l'importante è che tu stia bene... Rifaremo la ripresa. Sei un bravo attore e anche Isabella è brava».

Attore? Che vuol dire? Ripresa? Ripresa di cosa? Qualcuno si può occupare di me?

Apro gli occhi che avevo chiuso e lei è vicino a me. A terra.

«Isabella...»

«Massimo... ma cosa ti è preso? Stavamo facendo un video per un concorso indetto dal Ministero che ha come tema il bullismo. Claudio faceva il bullo e io la vittima e la maestra Claudia ci riprendeva. Poi sei arrivato tu come una furia...»

Oddio! Isabella.

Credo di stare piangendo dal dolore, dalla vergogna, dalla stupidità della mia vita tutta fuori asse.

«Non piangere... Adesso arriva l'ambulanza». Sento le sue labbra calde sulla mia guancia e penso a questo bacio che è il primo bacio della mia vita e che è stato dentro una sedia a rotelle.

MASSIMO SISTEMATO?

D'ora in avanti non mi sentirò in imbarazzo quando vedrò una persona su una sedia a rotelle. Non volterò mai più la faccia dall'altra parte. Anzi la guarderò e le farò il più bel sorriso di cui sarò capace. Se lo merita.

Ho anche capito cosa significa "barriera architettonica".

È solo un modo difficile per dire che dappertutto ci sono gradini, rampe di scale, salite e discese ripide, buche nell'asfalto, Mattonelle Maledette e diecimila altri ostacoli assortiti e che, se non hai l'uso delle gambe, certi posti proprio te li puoi scordare.

Eh già, perché negli ultimi tempi sono diventato un Massimo a Rotelle. Per carità, non certo per sempre. Domani finirà tutto. Dopo un mese, un lungo mese, mi toglieranno il gesso alla gamba. Al braccio me l'hanno tolto ieri.

Sì, perché nel mio disgraziatissimo tentativo di difendere Isabella mi sono rotto una gamba, la destra, tibia e perone, e un braccio, più esattamente qualche ossicino nel polso.

Papà mi ha fatto vedere sul computer il Cd che gli hanno dato all'ospedale e la frattura delle mie ossa si vede benissimo. Con il risultato che, non potendo usare le stampelle, sono finito su una sedia a rotelle. E siccome il braccio era il sinistro e potevo scrivere mi è toccato pure tornare a scuola. Anche se devo dire che non mi è spiaciuto troppo.

Tutti mi hanno coccolato.

La maestra Claudia ha riso e mi ha detto che non capita tutti i giorni di vedere contemporaneamente in una classe una Maestra e uno Scolaro a Rotelle.

E poi c'è Isabella... Isabella, che mi ha disegnato sul gesso della gamba un bellissimo fiore blu e ha fatto la sua firma con tanti cuoricini rossi attorno e adesso, anche se non mi ha più baciato, mi aspetta tutte le mattine all'ingresso della scuola, mi spinge su per la rampa per i disabili e mi accompagna fino in classe. Quando poi incontriamo la Maestra a Rotelle facciamo anche la gara a chi arriva primo. Lei spinge la sedia con le mani e io invece vengo spinto da Isabella. Vince sempre la maestra, tranne l'ultima volta, ma Isabella ha detto che l'ha fatto apposta a perdere. Infatti la maestra Claudia era sempre stata attenta a schivare la Mattonella Maledetta e invece quella mattina c'era finita dentro e noi avevamo potuto sorpassarla.

E anche il resto, alla fine, non è andato troppo male.

Primo, perché dopo che mi hanno portato all'ospedale non ho più sentito dolore. Mi hanno messo una... una... come si chiama? Una flebo, ecco. E si sono messi a sistemarmi. Vedevo tutto, ma non sentivo niente. Sembrava proprio che stessero lavorando sulle ossa di un altro.

Secondo, ho il gesso della gamba e quello del braccio pieno di disegnini di firme e di frasette. Ci hanno scritto sopra tutti. Di Isabella ho già detto, poi tutti i miei compagni, molti delle altre classi, la mia squadra di calcio, l'allenatore, papà, mamma e anche Giulietta che ha scritto "rincitrullito" alto quattro dita con il pennarello blu e uno *smack* che copre mezza gamba. Uno di quinta mi ha anche detto che sono stato fortunato a rompermi così, perché adesso tutti mi coccolano.

Terzo, è un mese che salto i turni di sparecchiamento e caricamento della lavastoviglie e non è detto che, se faccio un po' di scena dopo che mi avranno tolto il gesso, non possa saltarli ancora per un po'. Anche se Giulietta brontola tutti i giorni e dice che non è giusto che debba fare tutto lei. Dice che se mi sono fatto male non è certo colpa sua e, in fin dei conti, se riesco ad andare a scuola, posso anche sparecchiare. E in ogni modo non devo farmi troppe illusioni. Avrei dovuto recuperare dopo tutto il lavoro fatto da lei.

Quarto, ma è la cosa più bella dopo Isabella che mi bacia e mi spinge sulla sedia a rotelle, il filmato di me che mi schianto su quello di quinta e poi sulla Maestra a Rotelle ha vinto il primo premio del concorso sul bullismo. Eh già! La Maestra a Rotelle non era l'unica a usare la telecamera in quel momento. Poco più in là c'era anche un'altra maestra che ha ripreso tutto, l'ha messo insieme, ha tolto quello che non andava e ha fatto un filmato bellissimo.

Si vede molto bene Claudio che minaccia Isabella. Poi compare improvvisamente una specie di fulmine, un supereroe con il mantello, vabbe', era il giubbotto aperto che sventolava sulla mia schiena, ma sembrava proprio il mantello di Superman o di Batman, che si scaglia sul bullo, lo atterra con una spallata mentre Isabella grida spaventata. Poi si vede il groviglione formato da me e dalla sedia a rotelle e Isabella che si avvicina e mi bacia. Il tutto con una musica che sembra proprio la scena di un film. Ovviamente non si vede che piango e nemmeno l'ambulanza che arriva e tutto il resto. Quello l'hanno tolto.

Mi hanno fatto i complimenti tutti. Sono perfino venuti quelli della Tv a intervistarmi. Sono finito sul giornale. Hanno detto che è così che si comporta chi si oppone al bullismo. Deve intervenire, non lasciare che i violenti l'abbiano vinta. Mi spiace solo un po' che, quando l'hanno fatto vedere a scuola, qualcuno ha insultato Claudio. Non avevano capito che era tutto per finta. Però poi è stato contento perché quelli della Tv hanno intervistato anche lui, ha potuto mostrare la sua medaglia e hanno detto che è proprio bravo, perché non si sono accorti che stava recitando.

Perfino il mio cugino cercopiteco, sì, proprio Giacomo ha postato la mia foto su Facebook, dandosi delle arie perché eravamo parenti. E ho deciso, l'ho deciso proprio stanotte e secondo me è una bella decisione. Ho pensato al fatto che tutti possono sbagliare, anche a me succede, e che ognuno ha bisogno di una mano per capirlo. Quindi ho detto a mamma che voglio andare dal benedetto psicologo di mio cugino Giacomo. Non so quanto potrò essere utile, ma sentirei male dentro se non lo facessi. Se nessuno è un'isola, be', allora forse un arcipelago può aiutare.

Solo mio zio non mi ha detto niente. Anzi ho sentito che parlava con papà sostenendo che, in fondo in fondo, quello che mi era successo continuava a dipendere dal fatto che non collegavo il cervello con il resto prima di fare qualcosa. Papà gli ha risposto che crescendo avrei imparato e che comunque io gli andavo bene così com'ero ed era contento di avermi come figlio.

Sto ripensando a tutte queste cose mentre sono

su un palco montato in mezzo alla piazza davanti all'enorme centro commerciale che hanno costruito da poco alla periferia della mia città.

Sono qui per la cerimonia della premiazione del filmato, perché lo sponsor è proprio il centro commerciale. Con me c'è la Maestra a Rotelle, la preside, Claudio con la sua medaglia, che secondo me a quest'ora è già mezza consumata tanto la tiene lucida, e Isabella. Sì, lei, con la mano così vicina alla mia che ne sento il calore.

Sotto il palco c'è un sacco di gente, compresi gli alunni delle scuole di tutta la città.

Arriva il sindaco, mette al collo di tutti una medaglia e ci stringe la mano.

Poi il direttore del centro commerciale fa un discorso e alla fine porge una busta alla preside della scuola, dicendo che dentro c'è un assegno da mille euro. Il premio.

Lo sapevo e speravo che dessero un po' di soldi anche a me, ma la maestra mi ha spiegato che si tratta di mille euro in buoni acquisto, cioè per comprare al supermercato le cose che possono servire alla scuola. Carta, cartucce per la stampante, gomme, matite... cose così. Anche sapone e carta

PREMIO VIDEO

igienica, ha suggerito mamma. Ha ragione. Nei bagni non c'è mai né l'uno né l'altra.

Ecco, è finita la premiazione e si sente un botto. Da una serie di tubi collocati attorno al palco esplodono coriandoli e stelle filanti che volano per aria, come si vede dopo la finale di Champions o al Super Bowl. Scendiamo dal palco. Per me e la Maestra a Rotelle hanno costruito uno scivolo apposta.

All'altro lato della piazza c'è il rinfresco con un mucchio di cose da mangiare. Isabella è dietro di me. La Maestra a Rotelle mi è accanto e mi guarda. «Facciamo una corsa! Se arriviamo in ritardo, ci mangiano tutto».

Poi ride. Ride anche Isabella. Partiamo. Sento Isabella respirare forte, vedo la Maestra a Rotelle al mio fianco rossa in viso. Sento il vento nei capelli. Mi volto. Siamo davanti a tutti. Rinfresco: arriviamo!

Da domani potrò ricominciare a correre con le mie gambe, anche se mi mancherà Isabella che spinge la mia sedia a rotelle.

Rido forte. Io, che ero Massimo da sistemare. Mi sono sistemato, non da solo, certo, perché come si fa a fare tutto da sé? Il vocabolario insegna: c'erano sette possibilità di sistemazione... Le ho fatte tutte, tranne l'ultima; per capirci, quella del matrimonio. Bah! Per sistemarmi con Isabella, lei ha detto che prima devo farle fare le *mèches* da mia madre!

INDICE

Colibrì

IN ERBA

Stefania Fabri
Adesso che sono buono

Anna Sarfatti
Capitombolo sulla Terra

Emanuela Nava
Coccodrilli a colazione

Anna Lavatelli
Tito Stordito

Loredana Frescura
Marco Tomatis
Massimo da sistemare

Mario Lodi
Il mistero del cane

IN GAMBA

Lucia Tumiati
La pace è bella

Luigi Ballerini
L'estate di Nico

Simona Toma
Il signor Francone

Janna Carioli
Giò denti di ferro

Fabiana Camerin
Lilli e le streghe di Cork

Guido Sgardoli
Blatt

INSTANCABILI

Giusi Quarenghi
Strega come me

Christian Antonini
Fuorigioco a Berlino

Angela Nanetti
Viola dei 100 castelli

Pino Pace
L'ultimo elefante